DIE KNICKERBOCKER BANDE

Thomas Brezina

DER SCHATZ DER LETZTEN DRACHEN

ABENTEUER NR. 51

Mit Illustrationen von
Ertugrul Edirne

Ravensburger Buchverlag

Die Deutsche Bibliothek – CIP-Einheitsaufnahme

Brezina, Thomas:
Die Knickerbocker-Bande / Thomas Brezina. –
Ravensburg : Ravensburger Buchverl.

Abenteuer Nr. 51. Der Schatz der letzten Drachen. - 1999

Die Schreibweise entspricht den Regeln
der neuen Rechtschreibung.

5 4 3 2 1 03 02 01 00 99

Umschlagillustration: Thomas Mossolff
Umschlaggestaltung: Designagentur Krafft/Dirk Lieb

Printed in Austria

ISBN 3-473-47051-1

INHALT

KNICKERBOCKER-BANDE

NAME: Axel Klingmeier
SPITZNAME: Früher Schrumpfkopf und Gnomi
ALTER: fast 14 Jahre
STERNZEICHEN: Steinbock
COOL FINDE ICH: Sport
TOTAL UNCOOL: Langweiler, Oberlehrer, Wichtigtuer
LIEBLINGSSPEISE: Alles
BESONDERE KENNZEICHEN: Bin früher oft verspottet worden, weil ich klein bin. Heute traut sich das keiner mehr.

NAME: Lieselotte (Lilo) Schroll
SPITZNAME: Superhirn
ALTER: fast 14 Jahre
STERNZEICHEN: Krebs
COOL FINDE ICH: Skifahren, Rafting, Krimis, starke Ideen und Mut
TOTAL UNCOOL: Feiglinge; Leute, die nicht lachen können; Trauerklöße
LIEBLINGSSPEISE: Chinesisches Essen
BESONDERE KENNZEICHEN: Habe zwei blonde Zöpfe, auf die ich besonders stolz bin.

NAME: Paula Monowitsch
SPITZNAME: Poppi (Paula finde ich einen Horrornamen)
ALTER: fast 10 Jahre
STERNZEICHEN: Fische
COOL FINDE ICH: Meine Tiere, Tierschutz-Organisationen, Poster

TOTAL UNCOOL: Tierquäler; Leute, die behaupten, nie Angst zu haben
LIEBLINGSSPEISE: Fruchtsalat und Melonen, aber kein Fleisch.
BESONDERE KENNZEICHEN: Ich besitze einen Minizoo mit zwei Hunden, einem Papagei, drei Katzen, Kaninchen, Goldfischen, Ratten und einem Weihnachtskarpfen, den ich vor der Pfanne gerettet habe.

NAME: Dominik Kascha
SPITZNAME: (verrate ich nicht)
ALTER: fast 11 Jahre
STERNZEICHEN: Waage
COOL FINDE ICH: Lesen, Rätsel, Leute mit Durchblick
TOTAL UNCOOL: Quatschköpfe, erhobene Zeigefinger, strenge Erwachsene
LIEBLINGSSPEISE: Spaghetti
BESONDERE KENNZEICHEN: Meine Eltern sind Schauspieler, und auch ich stehe bereits auf der Bühne und vor der Filmkamera.

DER NAME KNICKERBOCKER-BANDE ENTSTAND ...

☐ als Axel, Lilo, Poppi und Dominik von Lord Conrad of Knickerbocker ausgezeichnet wurden, weil sie seinen entlaufenen Mops gefunden hatten.

☐ **als Axel einen Weltrekord aufstellte und in 22 Knickerbocker-Hosen in nur 30 Sekunden Löcher gebissen hat.**

☐ als Poppis Papagei zum ersten Mal ein Wort von sich gab und es sich nach „Knickerbocker“ anhörte.

☐ **als die vier den Zeichenwettbewerb einer Lederhosenfirma gewannen und einander bei der Preisverleihung kennen lernten.**

☐ als Dominik der jüngste Student an der Knickerbocker-Universität wurde.

☐ **als Lieselotte endlich das Rätsel der jodelnden Knickerbocker-Hosen gelöst hat.**

☐ als Axel, Lilo, Poppi und Dominik sieben entsprungende Knickerbocker-Hosen wieder eingefangen haben.

☐ **als der Song „Knickerbocker Kiss“ in der Hitparade auf Platz 1 landete.**

Richtige Erklärung bitte ankreuzen. Die Lösung steht auf Seite 173.

GEFAHR IM GEBÜSCH

„Hört euch das an!“ Aufgeregt trommelte Dominik mit den Fingern auf das Buch, das er gerade las. „Innerhalb weniger Sekunden wird euch die schrecklichste Gänsehaut eures Lebens über den Rücken kriechen.“

Seine Knickerbocker-Freunde Axel, Lilo und Poppi verdrehten die Augen und stöhnten leise. Seit die Bande vor drei Tagen von daheim abgereist war, nervte Dominik sie mit immer neuen Horrorgeschichten und Schauermeldungen.

„Ihr wollt doch wissen, was ich gerade rausgefunden habe?“ Dominik blickte seine Freunde erwartungsvoll an.

„Was tust du, wenn wir Nein sagen?“, erkundigte sich Lieselotte.

Dominik überlegte kurz und sagte: „Dann erzähle ich es euch trotzdem. Es geht nämlich um die Objekte unserer Neugier.“

Wieder stöhnte der Rest der Knickerbocker-Bande auf. „Musst du dich immer so verdreht und kompliziert ausdrücken?“, schnaubte Axel.

„Ich muss nicht, ich kann einfach nicht anders“, erklärte Dominik. „Und was ich euch erzählen wollte, betrifft die Komodowarane. Ältere Tiere sind nicht mehr so schnell. Deshalb lauern sie ihrer Beute auf. Sie warten im Gebüsch, bis sich etwas Fressbares nähert. Dann schnellen sie vor und schnappen zu. Sie können sogar einen Menschen überwältigen. Schaurig, nicht?"

Poppi schnaufte ärgerlich. „Du tust so, als wären Komodowarane wilde, blutrünstige Killer. Aber das sind sie ganz bestimmt nicht."

„So, hast du schon mit einem gesprochen, Frau Professor?", spottete Dominik.

„Natürlich nicht. Aber Komodowarane jagen nicht aus Spaß, sondern aus Hunger!", erklärte Poppi.

Dominik machte eine abfällige Handbewegung. „Du hast ja keine Ahnung", erklärte er. „Auf jeden Fall sind die Komodowarane Vorbild für alle Drachen aus Märchen und Sagen gewesen. Ich kann das gut verstehen. Habe wenig Lust, einer dieser Riesenechsen vor das Maul zu laufen."

Der Motor des Geländewagens, in dem sie unterwegs waren, gab hustende und spuckende Geräusche von sich. Er ruckte heftig, als wollte er nach vorne springen, und blieb schließlich ganz stehen.

Lilo saß vorne neben dem Fahrer. „Was ist denn los, Joe?"

Joe sollte die Knickerbocker-Bande zehn Tage lang betreuen und begleiten. Die vier Freunde waren im Auftrag einer großen Zeitung auf die indonesische

Insel Komodo nördlich von Australien gekommen. Nur hier und auf einigen kleineren Nachbarinseln leben die größten Reptilien der Erde, die geheimnisvollen Komodowarane.

Lieselotte hatte einen Wettbewerb für Junior-Reporter gewonnen und sollte nun mit ihren Freunden einen großen Bericht über diese Tiere schreiben, die oft als die letzten Drachen der Erde bezeichnet werden.

Joe war genervt. Immer wieder versuchte er den Wagen zu starten. Der Motor gab aber nur blubbernde Geräusche von sich und rührte sich schließlich überhaupt nicht mehr. Suchend blickte Joe sich um. Sie befanden sich auf einer holprigen Schotterstraße. Auf beiden Seiten wuchsen vertrocknete Büsche. Die Blätter und Äste waren von einer dicken grauen Staubschicht überzogen.

„Kinder, steigt ein bisschen aus und vertretet euch die Beine. Ich bring die Karre schon wieder in Gang", versprach Joe. Es hörte sich aber nicht an, als würde er wirklich daran glauben.

„Sollen wir dir helfen? Ich kenne mich bei Autos gut aus. Mein Onkel hat eine Werkstatt und dort habe ich schon öfters zugeschaut", bot Axel an.

Joe lehnte dankend ab. „Ehrlich gesagt kann ich es gar nicht ausstehen, wenn mir jemand ständig über die Schulter schaut. Geht ein bisschen spazieren!", forderte er die Bande auf.

Axel, Lilo, Poppi und Dominik sahen einander fragend an. Sie hatten wenig Lust spazieren zu gehen. Es war drückend heiß und feucht. Ihre kurzen Hosen und die weiten T-Shirts klebten an ihren Körpern. Die Hitze drückte sie nieder wie ein zentnerschweres Gewicht. Meistens waren sie den ganzen Tag müde und wurden erst gegen Abend munter, wenn eine frische Brise über die Insel strich.

„Macht schon", verscheuchte Joe sie ungeduldig.

Die Knickerbocker-Freunde gingen widerwillig ein paar Schritte und drehten sich um.

„Mann, könnt ihr euch nicht drei Minuten allein beschäftigen? Seid ihr Babys, die ich Tag und Nacht an der Hand führen muss?", stöhnte Joe.

Das ließen sich die vier Freunde nicht nachsagen. Axel entdeckte eine Lücke zwischen den Sträuchern und zeigte sie seinen Freunden. Sie schlüpften hindurch und kamen auf eine Grasfläche. Links und rechts standen knorrige, trockene Bäume und dichtes Buschwerk. Am Ende der Wiese weidete eine Herde Schafe.

„Wieso ist Joe auf einmal so komisch?", fragte Poppi die anderen. Als Antwort bekam sie nur ratloses Schulterzucken. „Es hat geklungen, als wollte er uns loswerden."

Lieselotte nickte. Diesen Eindruck hatte sie auch gehabt.

Die vier Knickerbocker schlenderten über die

Wiese und ließen die Straße immer weiter hinter sich. Sie waren sehr in ihr Gespräch vertieft. Deshalb bemerkte auch keiner das Rascheln in den Büschen. Im Schutz des dichten Blattwerkes folgte ihnen jemand.

Ein weinerliches Fiepen ließ Poppi aufhorchen. Wer gab diese Laute von sich? Es musste ein Tier sein. Vielleicht war es verletzt? Suchend sah sich Poppi um. Unter den Ästen eines dornigen Gestrüpps entdeckte sie ein weißes Kaninchen. Es hoppelte hin und her, kam aber nicht vom Fleck. Es sah aus, als wäre es festgebunden oder in eine Fallschlinge getappt. Für Poppi war es eine Selbstverständlichkeit, dem Kaninchen zu helfen. Sie ging langsam näher und redete beruhigend auf das verängstigte Tier ein.

Das Kaninchen bewegte sich immer schneller, sprang in die Höhe und fiepte laut. Es versuchte zu fliehen, kam aber nicht von der Stelle.

„Ich tu dir nichts“, versicherte Poppi mit sanfter Stimme. Sie hatte das Gestrüpp fast erreicht und streckte vorsichtig die Hand nach dem Kaninchen aus. Im selben Augenblick verschwand das Tier nach hinten. Poppi machte einen schnellen Schritt nach vorn, bekam das Kaninchen aber trotzdem nicht mehr zu fassen. Wie hatte sich das Tier so schnell befreien können?

Das vertrocknete harte Laub des Busches raschelte laut. Zweige knackten und der Strauch wurde wie von einem Schwert geteilt.

Poppi brüllte aus Leibeskräften. Sie taumelte erschrocken nach hinten, stolperte und stürzte. Wie ein Käfer lag sie auf dem Rücken und strampelte mit Armen und Beinen. Der Schock war so schlimm, dass sie nicht aufstehen konnte. Sie wusste nicht mehr, wo oben und unten war.

Vor ihr war ein riesiger Reptilienschädel aus dem Strauchwerk geschossen. Mächtige, starke Klauen mit langen scharfen Krallen zerteilten den Busch und trampelten ihn nieder. Unermüdlich sauste die gespaltene Zunge des Tieres suchend und tastend aus dem Maul.

Ein Komodowaran. Er hatte hinter dem Busch gelauert und stürzte sich nun auf Poppi. Mit schnellen breitbeinigen Schritten war er über ihr, warf den Kopf in die Höhe, riss das Maul auf und schnellte auf sie herab. Poppi sah direkt in den dunklen Rachen, bevor sie ohnmächtig wurde.

Axel, Dominik und Lieselotte war gar nicht aufgefallen, dass sich Poppi entfernt hatte. Als sie ihren Schrei hörten, drehten sie sich erschrocken um. Es war bereits zu spät. Sie konnten ihrer Freundin nicht mehr helfen. Der Komodowaran schnappte gerade zu.

„Nein!“, brüllte Lilo. „Hau ab! Verschwinde!“

„Joe! Joe, komm schnell!“, riefen Dominik und Axel in Richtung Straße. Aber Joe meldete sich nicht.

Der Komodowaran warf den Kopf hin und her. Mit seinem massigen Körper verdeckte er seine schreckliche Tat.

„Joe ... wir müssen ... ihn holen!“, stammelte Axel. Der Schock hatte ihn fast gelähmt. Steifbeinig bewegte er sich über die Wiese zur der Stelle, wo das Auto stehen geblieben war. Ohne darauf zu achten, kam er den Büschen am Rand der Wiese sehr nahe. Als er das Rascheln hörte, war es bereits zu spät. Wie ein grüngrauer Schatten schoss ein weiterer Waran heraus und stieß Axel zu Boden. Er spürte die schweren Pranken auf seinem Rücken und wusste, dass er keine Chance hatte zu entkommen.

Lieselotte und Dominik rangen nach Luft. Sie blickten von Poppi zu Axel und von Axel zu Poppi.

Helfen! Wir müssen ihnen helfen, schoss es beiden

durch den Kopf. Aber wie? Gegen die Warane waren sie ohne Gewehr machtlos. Die ausgewachsenen Tiere waren fast so groß wie ein Kleinwagen.

„Joe ... er hat ... ein Gewehr im Wagen", stammelte Dominik. Er blieb in der Mitte der Grasfläche, falls noch weitere Komodowarane hinter den Sträuchern lauerten. Taumelnd, stolpernd, torkelnd und keuchend kämpfte er sich Richtung Straße. Er war noch keine zwanzig Schritte weit gekommen, als der Boden unter seinen Füßen nachgab. Mit einem erschrockenen Schrei stürzte er in die Tiefe. Er landete weich auf einer dicken Schicht aus fauligem Stroh. Stöhnend richtete er sich auf und sah nach oben. Die Öffnung schien ihm kilometerweit entfernt. Da er alles andere als sportlich war, würde er hier nie herauskommen.

Lieselotte hatte den Absturz ihres Kumpels beobachtet und wollte zu ihm hinüberlaufen.

„Hilfe ... helft mir doch", hörte sie Axel stöhnen.

Der Komodowaran gab brüllende und zischende Laute von sich. Aus seinem Maul tropfte weißer Schaum.

Lilo stutzte. Axel und Poppi schienen unverletzt. Die Warane hielten sie nur auf den Boden gepresst. Spielten sie vielleicht noch mit ihrer Beute, wie Katzen das manchmal mit Mäusen tun?

„Joe ... wo steckt er denn?", krächzte Lilo, deren Hals wie zugeschnürt war. Sie atmete ein paar Mal tief durch und versuchte sich ein bisschen zu beruhigen. Ruhe war in einem so schrecklichen Augenblick das Wichtigste. Sie wusste es von ihrem Vater. Er war Bergführer und hatte es Lilo immer wieder eingeschärft.

Aber wie konnte sich Ruhe bewahren, wenn die besten Freunde in den Klauen der letzten Drachen der Erde waren?

Das Brüllen und Fauchen der Warane wurde lauter und heftiger. Weißer Dampf quoll aus ihren Nasenlöchern. Sie hoben die Köpfe, rissen die Kiefer auf und zeigten lange Reihen messerscharfer Zähne.

„Lilo! Lilo!“, kam Dominiks Stimme aus der Grube. Er klang sehr aufgeregt. War dort unten vielleicht auch eine dieser schaurigen Echsen?

Die Komodowarane holten tief Luft, pumpten sich dick auf und dann ...

Lieselotte kniff die Augen zusammen. Sie erlebte einen Albtraum am hellichten Tag. Das gab es nicht. Das konnte nicht sein. Es war unmöglich. Oder?

Die Reptilien spien Feuer. Meterlange Feuerfontänen schossen aus ihren Mäulern in die Luft.

Es waren Drachen. Echte Drachen. Drachen, wie in Märchen und Sagen. Aber wie war das möglich? Wie konnte es so etwas geben?

Das Tier über Poppi zuckte auf einmal heftig mit dem Kopf. Ruckartig bewegte es ihn von einer Seite auf die andere.

Links-rechts-links-rechts. Unermüdlich. Dazu gab es klickende Laute von sich.

Der Komodowaran, der Axel niedergestoßen hatte, holte schon wieder Luft und setzte zu einem weiteren Feuerstoß an. Seine schuppige, faltige Haut wurde prall und glatt. Das Einatmen schien kein Ende zu nehmen. Immer dicker und runder wurde das Reptil.

Lieselotte schlug die Hände vor das Gesicht und sah durch die Finger. Der Waran begann zu platzen. Die Haut riss auf. Darunter kamen dunkelgraue Muskeln zum Vorschein, die aber glatt und glänzend waren.

Aus dem Maul des Tieres schoss mit einem donnernden Geräusch der nächste Feuerstrahl zum Himmel. Danach senkte der Waran den Kopf und fixierte Axels Beine. Wieder begann das pumpende Atmen.

„Nein, kein Feuer. Nicht!“, schrie Lieselotte. Sie sah sich nach einem dicken Stock um, mit dem sie den Komodowaran vielleicht vertreiben konnte. Das Einzige, was sie fand, war ein faustgroßer Stein. Sie hob ihn auf, zielte und warf.

Der Stein prallte an dem mächtigen Tier ab, als wäre er aus Watte, und fiel zu Boden.

„Lilo ... schnell ... komm her!“, rief Dominik aus dem Loch, in das er gestürzt war.

„Ich kann jetzt nicht ... Poppi ... Axel ... die Biester spucken Feuer!“, keuchte Lieselotte.

Der Komodowaran über Axel sah fast schon wie eine Kugel aus. Die Kiefer klappten weit auseinander und die Augen leuchteten rot auf. Der Feuerstrahl würde Axels Beine versengen.

Aber auch das Tier, das Poppi niederdrückte, setzte zu einem Feuerstoß an.

„Lilo, hier sind Kabel!", meldete Dominik aufgeregt.

Kabel? Das Wort klang in Lieselottes Ohren wie Würstchen mit Marmelade. Sie stolperte zu der Stelle, wo Dominik verschwunden war. Vor ihr befand sich ein kreisrundes Loch im Boden. Die Wände der Grube waren glatt und betoniert. Dominik kniete auf dem stinkenden braunen Stroh und deutete stumm auf eine Art Schaltkasten an der Wand. Er stand offen. In seinem Inneren befanden sich verschiedene Kontrolllampen und Schalter. Einige der Lampen flackerten wild und schnell, als hätten sie einen Wackelkontakt.

Lieselotte ließ sich in die breite Röhre gleiten und schob Dominik zur Seite. Sie warf einen Blick auf die Schalter und entdeckte, dass mehrere auf **ON** standen. Ohne lange zu überlegen, drückte sie alle auf **OFF**.

Über ihren Köpfen ertönte ein ohrenbetäubender Knall. Etwas Dunkles flog durch die Luft und krachte in der Nähe zu Boden. Aber von Axel und Poppi war nichts zu hören.

Dominik sah Lilo fragend an. „Was ... was hast du gemacht?"

Lieselotte, die oft als das Superhirn der Knickerbocker-Bande bezeichnet wurde, hatte eine Idee, was geschehen sein konnte. Hoffentlich war es wirklich so.

„Diese Anlage ... das sind Elektrozäune, die die Komodowarane abhalten sollen", kombinierte Dominik mit ernstem Gesicht. „Du hast sie unter Strom gesetzt ... oder abgeschaltet ... dann sind jetzt noch mehr Tiere frei."

„Quatsch!", murmelte Lilo. „Mach mir die Räuberleiter, ich muss da raus. Schnell!"

Dominik verschränkte die Finger beider Hände zu einer Art Steigbügel. Lieselotte trat hinein und kletterte über seine Schulter nach oben. Sie zog sich am Rand der Röhre in die Höhe und kroch auf die Wiese.

„Was ... was siehst du?", wollte Dominik sofort wissen.

Er bekam keine Antwort. Lilo starrte stumm auf einen ekeligen grauen Hautfetzen, der vor ihr im Gras lag. Sie wich zurück und wollte einen großen Bogen darum herummachen. Dann aber fiel ihr Blick auf die Stelle, wo Axel von dem Komodowaran angefallen worden war. Das Tier stand immer noch da, doch ein großer Teil seiner Haut fehlte. Darunter ...

Lilo hörte ein Stöhnen und Keuchen. Axel lag auf dem Bauch und versuchte mit aller Kraft die schwere Klaue des Warans zur Seite zu stemmen. Das Tier schien in der Bewegung erstarrt zu sein.

Kein Wunder! Es war kein echtes Tier, sondern ein Roboter. Unter der geplatzten Haut war ein Metallskelett zum Vorschein gekommen. Die grauen Muskeln waren in Wirklichkeit Kunststoffsäcke, die je nach gewünschter Bewegung mit Luft gefüllt oder wieder leer gepumpt wurden.

Schnell lief Lilo zu Axel und zerrte das Waranbein in die Höhe. Im Boden sah sie nun auch die Schienen, auf denen sich der Roboter bewegt hatte.

Poppi starrte immer noch mit weit aufgerissenen Augen zum Kopf der schaurigen Echse empor. Der Komodowaran glotzte auf sie herunter. Sein Maul stand offen und eine dünne Rauchfahne kam heraus.

Erst jetzt konnte man sehen, dass die Pranken des Tieres Poppi nie berührt hatten. Sie waren zehn Zentimeter über ihrem Körper in der Luft verharrt.

Poppi konnte nicht gleich aufstehen. Sie musste noch ein paar Minuten im Gras sitzen bleiben und sich beruhigen. Axel und Lieselotte ließen sich neben sie sinken.

Wütend schnaubte Axel: „Kann mir einer erklären, was das hier soll? Ist das der Rummelplatz von Komodo, oder was?“ Aufgebracht klopfte er Erde von seiner neuen Khaki-Shorts, auf die er besonders stolz war. Das gute Stück hatte einige Grasflecken abbekommen.

„Wie diese Roboter hierher kommen, weiß ich auch nicht“, sagte Lilo. „Auf jeden Fall sind sie kaputt. Die hätten euch glatt versengt. Zum Glück ist Dominik in dieses Loch gefallen, in dem sich der Steuerungskasten befindet.“

Dominik! Den hatte sie ganz vergessen. Lilo sprang auf und lief zu ihm hinüber. Doch die Röhre war leer. Ihr Kumpel war verschwunden.

„Wie hat er denn das gemacht? Er kann sich niemals allein befreit haben!“, murmelte Lieselotte verwundert. Sie sah sich suchend auf der Wiese um, konnte Dominik aber nirgendwo entdecken.

„Dominik?“, rief sie. „Dominik, wo steckst du?“

Er meldete sich nicht.

„Das ... das gibt es doch nicht ... er muss dort unten sein!“, brummte Lilo. Sie konnte es nicht ausstehen, irgendwo nicht durchzublicken.

„Was ist denn los?“, rief ihr Axel zu.

Lieselotte gab keine Antwort, sondern ließ sich noch einmal in die Röhre hinunter. Der Metallschrank, in dem sich die Steuerung der künstlichen Warane befand, war abgeschlossen. Die Tür ließ sich nicht mehr öffnen. Aber wer hatte das gemacht?

Langsam drehte sich Lilo einmal im Kreis. Dem

Schrank genau gegenüber befand sich eine sehr schmale, niedrige Metalltür. Sie war an der Innenseite vielfach mit Metallstangen und Bändern verstärkt, ließ sich aber nicht öffnen. Da sie in einer tiefen Nische lag, war Lilo die Tür bisher nicht aufgefallen.

„Ich glaub, ich träume“, sagte sie leise. Es musste jemand inzwischen gekommen sein, den Schrank abgesperrt und Dominik mitgenommen haben.

Als Axels Kopf über ihr auftauchte, streckte sie die Arme nach oben und bat: „Zieh mich hoch.“ Axel legte sich auf den Bauch und packte Lilos Unterarme im Turnergriff. Es war für sie keine große Schwierigkeit, an der Wand hochzuklettern und auf die Wiese zu rollen.

„Hier ist ein Wahnsinniger unterwegs. Er muss Dominik mitgenommen haben“, berichtete Lieselotte aufgeregt.

Aber wo war eigentlich Joe? Sie hatten doch mehrmals nach ihm gerufen. Er musste den Knall gehört haben, als der eine Komodowaran zerplatzt war. Gemeinsam mit Axel und Poppi ging das Superhirn zur Straße zurück. Keiner der drei hatte es sehr eilig. Was würde sie dort erwarten?

Die drei Knickerbocker traten durch dieselbe Lücke im Buschwerk, durch die sie auf die Wiese gekommen waren.

Erschrocken atmete Poppi heftig ein. Stumm deutete sie zum Wagen. Dort stand Joe gegen die Tür gelehnt. Dominik war bei ihm. Joe hatte ihm eine Hand über den Mund gelegt, damit er keinen Ton von sich geben konnte, und hielt mit der anderen Hand Dominiks Handgelenke fest umklammert. Der Knickerbocker versuchte sich seinem Griff zu entwinden, war aber nicht sehr erfolgreich.

„Joe hat die Autopanne nur vorgetäuscht", schoss es Lieselotte durch den Kopf. „Er will in Wirklichkeit ..." Ja, was wollte er eigentlich? Was sollte das alles? Axel, Poppi und Lilo blieben stehen und starrten Joe fragend an. Ein paar Augenblicke lang sagte keiner etwas.

„Da staunt ihr, was?", kam es von Joe. „Damit haben die berühmten Junior-Detektive nicht gerechnet, oder?"

„Können wir endlich erfahren, was hier gespielt wird?" Lieselotte versuchte ihre Stimme unerschrocken klingen zu lassen. Doch es gelang ihr nicht.

Joe sah sie abschätzig an. „Ihr seid doch die großen Detektive. Ihr solltet doch schon längst rausgefunden haben, was los ist."

„Du hast diese mechanischen Biester in Gang gesetzt. Es gibt einen unterirdischen Tunnel, durch den du zum Steuerungsschrank gelangen konntest", kombinierte Lilo. „Unklar ist, wie dieser miese Spuk hierher gekommen ist und wozu er gut sein soll."

„Das kann ich euch gerne verraten!", kündigte Joe an. Dabei grinste er teuflisch.

Im nächsten Augenblick begann er schallend zu lachen. Er ließ Dominik los, der sofort zu seinen Freunden rannte, und klopfte sich grölend und grunzend auf die Schenkel.

„Ich möchte gerne wissen, was da so witzig ist?“, knurrte Axel.

„Der ist nicht dicht!“, schnaubte Lieselotte aufgebracht.

Joe machte einige Schritte auf sie zu. Die vier Knickerbocker-Freunde wichen erschrocken zurück.

„He, halt. Ich bin doch völlig harmlos. Vielleicht ein bisschen verrückt manchmal und überdreht, aber sanft wie ein Lämmchen“, versicherte ihnen Joe.

Er war ungefähr dreißig Jahre alt, braun gebrannt und weizenblond. Seine Klamotten waren alle ausgefranst und uralt. Auf dem Kopf trug er einen ausgebleichten Stoffhut, der die Form eines umgedrehten Kochtopfes hatte. Joe hatte einmal erwähnt, dass er ihn am liebsten auch in der Nacht beim Schlafen aufließ.

„Habe ich euch wirklich so sehr erschreckt?“, fragte er besorgt. „Dabei sollte es nur ein kleiner Scherz sein.“

Axel bekam einen roten Kopf vor Wut. „Kleiner

Scherz? Du spinnst wohl! Hast wohl in der Witzkiste geschlafen. Beim Aufstehen muss dir aber der Deckel auf den Kopf geknallt sein."

Joe stemmte empört die Arme in die Seite. „Kein Grund frech zu werden", sagte er streng. „Ich kann euch alles erklären. Lilo, du bist wirklich nicht schlecht im Kombinieren. Kompliment." Joe holte tief Luft und erzählte. „Das Grundstück gehört einem Australier namens Mr Krok. Er hat so viel Geld, dass er sich damit wahrscheinlich das Haus tapezieren könnte. Ganz in der Nähe besitzt er eine prachtvolle Villa, die fast das ganze Jahr leer steht. Das letzte Mal war Mr Krok vor ein paar Jahren hier. Um seinen Freunden zu imponieren, hat er auf der Wiese die Anlage mit den künstlichen Komodowaranen bauen lassen. Unterirdisch gelangt man zur Steuerung. Früher war dort ein Periskop, wie bei einem U-Boot. So konnte man von unten sehen, was sich oben abspielt. Ich wusste nicht, dass die Abdeckung des Schachtes kaputt ist. Aber da ich die Villa von Mr Krok versorge, kenne ich auch die Anlage."

„Die Roboter waren sehr gefährlich. Und jetzt sind die Dinger alle kaputt. Wir ... wir hätten schlimm verletzt werden können!", schimpfte Poppi. Sie hatte immer noch Herzklopfen.

Joe hob entschuldigend die Arme und rief: „Sorry, es tut mir ja so Leid. Ich werde heute Abend alles mit einer Extraportion Eis wieder gutmachen."

„Das muss aber schon besonders gutes Eis und eine Portion so groß wie ein Iglu sein“, erklärte ihm Axel.

„Ihr seid ganz schön streng“, seufzte Joe. „Die Sache hier bleibt aber unter uns. Die Leute von der Zeitung finden den kleinen Scherz vielleicht auch nicht so komisch und zahlen mir dann nicht mein Honorar. Ich brauche aber das Geld. Kann ich mich auf euch verlassen?“

Dominik rückte seine Brille zurecht und sagte: „Nur, wenn du uns in Zukunft mit Scherzen dieser Art verschonst.“

„Versprochen!“ Joe hob zwei Finger zum Schwur. „Aber jetzt steigt ein. In einer halben Stunde erwartet uns Dr. Ninta und ich möchte pünktlich sein.“

Die Knickerbocker säuberten sich von Erde und Gras, so gut es ging. Dominik, der nur weiße Klamotten trug, rümpfte die Nase. Es störte ihn sehr, der berühmten Komodowaran-Forscherin so schmutzig gegenübertreten zu müssen.

„Wir wollen ihr Fragen stellen und keinen Heiratsantrag machen“, tröstete ihn Axel.

Lachend kletterte die Bande in den Wagen.

Während ihres Aufenthalts auf Komodo sollten sie noch weiteren Waranen begegnen. Allerdings würde es sich um echte Tiere handeln. Um echte Komodowarane mit einem großen Geheimnis.

Joe lenkte den Geländewagen über eine schmale Schotterstraße zur Küste hinunter. Umgeben von saftig grünen Pflanzen mit riesigen Blättern lag dort ein ungewöhnliches Holzhaus. Es erinnerte ein bisschen an eine Pyramide, da jedes Stockwerk ein Stück kleiner war als das Geschoss darunter. Ganz oben auf dem Haus befand sich ein Balkon.

Der Weg zum Eingang war von bunt blühenden Pflanzen und Blumen gesäumt. Joe ging voraus, stieg die drei Stufen zur Tür hinauf und klopfte an. Die Knickerbocker konnten hören, dass im Haus gesprochen wurde.

„Was? Sag das noch einmal!", hörten sie eine Frauenstimme. Sie klang sehr aufgeregt und laut. „Bist du sicher? Wann soll das gewesen sein? ... Nein, ich war seither nicht drüben. Ich fahre heute. In Kürze kommen diese Kinder, die mich interviewen wollen, und ich möchte die Gelegenheit nutzen und auf die Insel fahren."

Lilo hob fragend ihre Augenbrauen. Wovon sprach die Frau? War das Dr. Ninta? Auf jeden Fall telefonierte hier jemand.

„Und du bist sicher, die Information ist verlässlich? Du weißt, es wäre eine Sensation. Allerdings bin ich nicht sicher, welche Auswirkungen der Vorfall auf die Komis hat", redete die Frau weiter.

Axel verdrehte die Augen. „Komis! Ein niedlicher Name für diese Riesentiere."

„Pssst!“, zischte Lilo und machte eine ärgerliche Handbewegung. Sie wollte kein Wort von dem versäumen, was im Haus gesprochen wurde.

„Jaja, ich halte dich auf dem Laufenden. Melde mich, sobald ich mehr weiß. Mach's gut!“ Ein Klicken verriet, dass die Frau aufgelegt hatte.

Joe klopfte noch einmal, diesmal lauter. Gleich darauf wurde mit einem krachenden Geräusch die Tür aufgerissen und eine Frau in khakifarbenem Safarianzug trat heraus. Sie war sehr klein und reichte sogar Axel nur bis zum Kinn. Ihre Bewegungen waren lebhaft und quirlig.

„Hallo, hallo, hallo!“, begrüßte sie die Gäste und strich sich mit dem Handrücken die vielen Haarsträhnen aus dem Gesicht. Bevor sie den vier Knickerbocker-Freunden die Hand reichte, wischte sie sie an ihrem Safarianzug ab. „Ich bin Kim Ninta und ihr seid also die jungen Reporter.“

Lilo stellte sich und ihre Freunde vor. Großes Gelächter gab es, als Dominik Dr. Ninta einen Handkuss gab.

„Wir sind hier in der Wildnis und nicht im Ballsaal“, erinnerte ihn Axel.

Dr. Ninta lächelte geschmeichelt und meinte: „Ich freue mich sehr, auch hier einem Gentleman zu begegnen. Übrigens könnt ihr mich Kim nennen. Kommt rein, ich stehe jetzt gerne zur Verfügung.“

Die vier Knickerbocker betraten das Haus, das

innen düster wirkte. Schuld daran waren die geschlossenen Fensterläden. „Der einzige Schutz gegen die Hitze", erklärte die Forscherin. Sie bot ihnen Platz an einem großen runden Tisch an und öffnete eine Flasche Cola. Axel, Lilo, Poppi und Dominik ließen sich in wuchtige Stühle sinken, die aus dicken Ästen gezimmert waren.

„Fragt, fragt, fragt!", drängte Kim und zwinkerte den vieren aufmunternd zu.

„Äh ...", begann Lieselotte etwas verlegen, „mit wem haben Sie gerade telefoniert?"

Kim Ninta stellte die Flasche heftig ab. Das Lächeln war aus ihrem Gesicht verschwunden. „Habt ihr etwa gelauscht?", schnaubte sie aufgebracht.

„Nein, nein, wir haben nur vor der Tür gewartet", versuchte Joe sie zu beruhigen.

„Ach so!" Die Forscherin blieb trotzdem misstrauisch. „Was habt ihr denn alles gehört?"

Lilo beschloss bei der Wahrheit zu bleiben. „Sie haben mit jemandem telefoniert und eine überraschende Meldung bekommen, die mit den Komodowaranen zu tun haben könnte."

„Die vier sind Hobby-Detektive", erklärte Joe und lächelte entschuldigend.

Dr. Nintas Stimme klang kalt, als sie sagte: „Was immer ihr gehört habt, geht euch gar nichts an. Ich breche dieses Gespräch sofort ab, wenn ihr nicht versprecht, niemandem davon etwas zu sagen."

Die Knickerbocker sahen einander erstaunt an. „Jaja, wir versprechen es!“, sagte Lilo schnell. Die anderen nickten.

„Gut!“ Kim lächelte wieder und schenkte Cola in Gläser. „Aber nun zu euren Fragen.“

Die Bande schwieg betreten. Alle vier hatten auf einmal ein komisches Gefühl. Wieso war Dr. Ninta gerade so aufgebraust? So schrecklich war Lilos Frage auch nicht gewesen. Oder doch? Für das Superhirn gab es nur eine Erklärung: Kim Ninta hatte gerade ein Telefonat geführt, von dem niemand erfahren sollte. Dadurch hatte sie Lieselotte aber nur noch neugieriger gemacht. Was konnte die Komodowaran-Forscherin gerade so Wichtiges und streng Geheimes erfahren haben?

„Was ist denn? Wieso fragt ihr nichts?“ Kim Ninta wurde ungeduldig. Um die peinliche Stille zu beenden, sagte Dominik schnell: „Äh ... also ... Joe hat uns versprochen, Sie werden uns echte Komodowarane zeigen. Stimmt das?“

„Natürlich stimmt das. Allerdings leben sie nicht mehr hier auf der Hauptinsel Komodo. Rundherum gibt es viele kleine, unbewohnte Inseln. Eine davon ist mein Forschungsgebiet. Dort beobachte ich die Riesenechsen schon seit sieben Jahren.“

„Fahren wir dorthin?“, wollte Axel wissen.

„Ja, natürlich. Allerdings macht euch keine Hoffnungen, einen Komodowaran aus nächster Nähe zu sehen. Das ist viel zu gefährlich. Ich habe einen Aussichtsturm in einem Teilgebiet der Insel errichtet, wo keine Komodowarane leben. Von dort aus sieht man gut über den Hauptteil der Insel, der nur schwach bewaldet ist und viel Grasland besitzt. Mit ein bisschen Glück könnt ihr vom Turm aus Komis sehen!“ Kim Ninta blickte von einem Knickerbocker zum anderen. „Wenn ihr bereit seid, ich bin es auch.“

Die vier Freunde nickten und standen auf. Die Gläser mit Cola hatten sie noch nicht einmal angerührt. Sie blieben voll stehen. Die Forscherin entschuldigte sich und kletterte über eine Leiter in das nächste Stockwerk hoch.

„Tolles Haus, hätte ich auch gern“, stellte Axel fest.

Heimlich und so unauffällig wie möglich bewegte sich Lieselotte zum Telefon. Es war ein moderner Tastenapparat. Wahrscheinlich das einzige Moderne in diesem Haus. Mit einer schnellen Bewegung hob Lilo den Hörer ab und drückte die Wiederwahltaste. Auf der Anzeige erschien eine lange Nummer.

„Dominik“, flüsterte sie und gab ihm mit dem Kopf ein Zeichen zu ihr zu kommen. „Merk dir die Nummer!“

Dominik war ein Zahlengenie. Selbst lange Zahlenschlangen konnte er sich sofort einprägen. Er fragte nicht lange, sondern ließ die Augen mehrere Male über die Telefonnummer gleiten. Danach nickte er kurz. Schnell legte Lilo den Hörer wieder auf.

Joe winkte die vier Freunde zu sich und raunte ihnen zu: „Ist manchmal ein bisschen schlecht gewickelt, die Frau Doktor. Kommt vielleicht von dem ständigen Umgang mit den Komis. In dieser Gesellschaft würde ich wahrscheinlich auch muffig werden.“ Er grinste breit und zwinkerte den Knickerbockern verschwörerisch zu.

„Das habe ich gehört!“, kam Kim Nintas Stimme von hinten. Joe zuckte erschrocken zusammen. Sie trat auf ihn zu und blickte ihn von unten streng an.

„Wäre ich größer, würde ich Ihnen für diese Frechheit die Ohren lang ziehen!“, drohte sie mit erhobenem Zeigefinger.

Die Knickerbocker-Bande lachte bei dieser Vorstellung laut.

Kim besaß ihren eigenen Bootsanlegeplatz. Ein langer Holzsteg führt vom Strand ins Meer hinaus. Am Ende lag ein altes Motorboot vertäut. Früher einmal musste es schnittig und flott gewesen sein. Jetzt aber hatte es zahlreiche Dellen und Schrammen, die mit verschiedenen Farben und Lacken ausgebessert worden waren. „Ich nenne das Boot deshalb auch meine bunte Kuh“, erklärte die Forscherin. „Keine Sorge, die bunte Kuh fährt besser als sie aussieht.“

Geschickt löste Kim die Taue, nachdem alle Platz genommen hatten, startete den Motor und lenkte das Boot auf das Meer hinaus. „Die rötliche Insel am Horizont ist unser Ziel. Sie ist nicht so weit entfernt, wie es aussieht.“ Mit gleichmäßigem Brummen pflügte das Boot durch das Wasser.

„Wie groß können Komodowarane eigentlich werden?“, wollte Dominik wissen.

„Ungefähr drei Meter. Das entspricht einem kleinen Auto und ist doppelt so lang wie ich!“ Kim schien sich gern über sich selbst ein bisschen lustig zu machen. „Auf die Waage bringen Komis ungefähr hundert Kilogramm, besonders große Männchen auch hundertfünfzig.“

Lilo interessierte vor allem die lange gespaltene Zunge der Komodowarane, mit der sie ständig in alle Richtungen züngelten. „Mit seiner Zunge nimmt der Komi Gerüche auf", erklärte Kim. „Er riecht nicht mit der Nase, sondern mit der Zunge. Mit ihr wittert er zum Beispiel auch Beutetiere."

„Was fressen Komodowarane?", rief Axel durch den Fahrtwind.

„Alles was sie erwischen können. Manchmal sogar Artgenossen. Auf der Insel leben zum Beispiel Hirsche, aber auch Wildschweine und Affen. Sie stehen alle auf dem Speisezettel der Komis. Wenn ein Komodowaran erst einmal seine Beute erlegt hat, frisst er so viel, wie er nur in sich reinstopfen kann. Danach schläft er oft eine ganze Woche und verdaut."

Poppi holte tief Luft und fragte: „Und können sie Menschen auch gefährlich werden?"

„Ich dachte, Komodowarane sind nur süß und kuschelig", spottete Dominik.

„Natürlich sind wir für sie auch nur Beute. Aber wer läuft schon einem Komodowaran direkt vors Maul", antwortete Kim und korrigierte den Kurs des Bootes ein bisschen. „Bestien sind sie jedenfalls keine. Sie sind nur nicht sehr wählerisch, was ihr Futter anbelangt."

„Siehst du!" Poppi streckte Dominik die Zunge heraus.

Für weitere Erklärungen blieb keine Zeit, da sie bereits die Küste der Insel erreicht hatten. Hinter einem schmalen Sandstrand erhoben sich steile rötliche Felsen.

„Dort müssen wir rauf", sagte Dr. Ninta. „Ich hoffe, ihr seid alle gut zu Fuß."

„Kein Problem", versicherten die vier Knickerbocker-Freunde. Poppi wirkte beunruhigt. „Ich ... ich will wirklich nicht wieder einmal als Feigling dastehen. Aber ... sind Sie sicher, dass die Komodowarane auf der anderen Seite der Insel sind?"

Kim warf den Kopf nach hinten und lachte laut. „Poppi, ich forsche seit sieben Jahren. Ich kenne fast alle Komodowarane auf der Insel und weiß genau, dass sie diese Gegend meiden. Es ist hier einfach zu kahl. Sie finden nicht genug Beute. Deshalb bleiben sie lieber im Süden. Beruhigt?"

Poppi starrte auf ihre Schuhspitzen und nickte. Sie schämte sich. Zu oft stand sie wie der größte Angsthase da. Immer fürchtete sie sich vor etwas.

Die Forscherin lenkte das Boot geschickt durch das seichte Gewässer und stellte schließlich den Motor ab. Sie warf einen Anker über Bord und nahm das Ende eines zweiten Seils. „Das letzte Stück müsst ihr durch das Wasser gehen", sagte sie. „Näher kann ich nicht heran, sonst beschädige ich den Schiffsrumpf."

Die Knickerbocker zogen die Schuhe aus und nahmen sie in die Hand. Sie schwangen sich über Bord und wateten zum Sandstrand, wo sie wieder in die Schuhe schlüpften.

„Ganz schön hoch!“, stellte Axel fest, als er zur Spitze der Felsen hinaufsah. Er musste sich eine Hand über die Augen halten, um nicht von der Sonne geblendet zu werden.

„Bitte alle mir nach und keinen Schritt, den ich nicht erlaube. Es könnte euer letzter sein!“, schärfte Kim ihren Gästen ein.

„Hört sich wirklich nach einem bequemen Spaziergang an“, stellte Dominik trocken fest.

Dr. Ninta ging voraus und die Bande folgte ihr. Joe bildete das Schlusslicht.

Der Aufstieg war sehr beschwerlich. Die Knickerbocker mussten sich durch enge Spalten zwängen, über riesige Felsbrocken klettern und bei jedem Schritt genau darauf achten, wo sie hintraten. Die Sonne glühte gnadenlos vom blauen Himmel. Immer wieder legte die Gruppe eine kurze Rast ein und genehmigte sich einen großen Schluck aus der Wasserflasche, die Joe bei sich hatte.

Endlich waren sie auf der Spitze eines Felsens angelangt. Aus Ästen und Stämmen war dort noch zusätzlich ein kleiner Turm errichtet worden.

„Es kann immer nur einer von euch mit mir kommen“, bot Kim an. „Uns alle würde das Ding wohl nicht aushalten.“

Lilo durfte den Anfang machen. Über die Leiter,

die aus Holzstücken und dicker Schnur gebastelt war, kletterte sie auf den Turm. Kim nahm das große Fernglas, das sie mitgebracht hatte, und begann damit die weiten Grasebenen abzusuchen, die vor ihnen lagen und sich bis zum Südufer der Insel erstreckten. Zu beiden Seiten erhoben sich sanfte Hänge, die da und dort bewaldet waren.

Kim ließ den Blick in alle Richtungen schweifen. Sie drehte an der Scharfeinstellung und setzte das Fernglas einige Male wieder ab.

„Das verstehe ich nicht. Es kann doch nicht sein ...“ Sie brach mitten im Satz ab.

„Was ist?“, wollte Lieselotte wissen.

Kim schüttelte nachdenklich den Kopf. „Ich sehe keinen einzigen Komi. Das ist mir noch nie passiert. Normalerweise finde ich immer einen, wenn ich hier raufkomme."

„Vielleicht ist es ihnen auch zu heiß?", fiel Lilo ein.

„Unmöglich. Sie haben keine eigene Körpertemperatur. Deshalb sind sie in der Nacht auch ziemlich steif und unbeweglich. Erst mit der Sonne kommt wieder Leben in sie. Wird ihr Blut erwärmt, werden sie lebendig und begeben sich auf Nahrungssuche", sagte die Forscherin.

Sie warteten noch eine Weile, aber es ließ sich trotzdem in der Grasebene kein Komodowaran blicken.

„Ich verstehe das nicht. Dabei weiden dort am Horizont gerade Hirsche. Einer der Komis hat doch bestimmt Hunger! Sie können nicht alle satt gefressen sein!", sagte Kim und schüttelte ratlos den Kopf.

Die Sonne machte es unmöglich, lange auf dem Felsen zu bleiben. Da kein Waran auftauchte, beschlossen die Knickerbocker wieder zum Strand abzusteigen.

Dominik stöhnte. Er trug einen Rucksack mit einer teuren Fotokamera auf dem Rücken. Das Gerät war nicht nur gut, sondern leider auch ziemlich schwer. Um eine exzellente Aufnahme von Komodowaranen schießen zu können, hatte er von einem Profi-Fotografen ein Teleobjektiv mitbekommen. Es wirkte wie ein Fernrohr und holte selbst weit entfernte Dinge nah heran. „Damit kannst du aus einem Kilometer Entfernung jede Kirsche eines Kirschbaums einzeln knipsen!“, hatte der Fotograf Dominik versprochen.

„Wieso verstecken sich die lieben Tierchen?“, brummte Dominik verärgert. „Jetzt habe ich das schwere Ding völlig umsonst raufgeschleppt.“

Der Abstieg war noch beschwerlicher als der Aufstieg. Die vier Freunde mussten sich oft mit den Händen abstützen und schürften sich auf den rauen Felsen die Haut auf. Bald tat ihnen alles weh.

Weil er sich nicht durch eine Felsspalte zwängen konnte, musste Dominik seinen Rucksack abnehmen. Gleich hinter der Spalte ging es auf der linken Seite steil nach unten, der schmale Pfad, auf dem sie gingen, führte nach rechts weiter.

Ächzend schob sich Dominik durch den engen Durchgang, den Rucksack in der linken Hand. Er achtete einen Augenblick nicht darauf, wo er hintrat, und schrie erschrocken auf. Der Boden unter seinem linken Schuh gab nach und Dominik kippte zur Seite. Nach Halt suchend fuchtelte er mit den Händen durch die Luft und ließ dabei den Rucksack los. Dieser stürzte in die Tiefe, überschlug sich mehrere Male und rollte über einen Geröllhang hinunter. Am Fuß des Hanges, wo eine braune Ebene mit nur wenigen saftig grünen Grasbüscheln begann, blieb er liegen.

„So ein Mist!“, schimpfte Dominik.

„Die Kamera kannst du wahrscheinlich nur noch als Puzzle verwenden“, stellte Axel fest, der hinter ihm ging und alles beobachtet hatte.

„Sie ist in einer stoßfesten Box. Das Teleobjektiv auch. Mit etwas Glück ist nichts geschehen“, brummte Dominik missmutig. „Aber wie kriege ich die Sachen wieder rauf?“

Kim war zurückgekommen um zu sehen, was geschehen war. Sie warf einen Blick in die Tiefe und seufzte tief. „Na ja, du wirst wohl runterklettern müssen. Es gibt einen kleinen Pfad, der dort drüben beginnt. Ich habe ihn früher selbst öfters verwendet. Er ist mit weißen Kreuzen am Fels genau markiert.“

„Ich mach das!“, meldete sich Axel. „Wenn Dominik klettert, warten wir noch nächste Woche.“

Ausnahmsweise regte Dominik sich nicht auf. Er war dankbar, dass Axel ihm die Klettertour abnahm.

Von oben beobachteten die anderen, wie ihr Freund sich Stück für Stück nach unten kämpfte. Der Weg führte auf eine Grasfläche, die ungefähr viermal so groß wie ein Fußballplatz war. Auf einer Seite erhob sich der Fels, auf der anderen erstreckte sich ein grüner Waldstreifen.

„Das ist Regenwald“, erklärte Kim dem Rest der Bande.

Axel verschwand aus dem Blickfeld seiner Freunde. Er musste einen großen Bogen um einen Felsen machen, der wie ein mahnender Zeigefinger aus dem Boden ragte.

Kim, die neben Poppi stand, richtete sich erschrocken auf. „Oh mein Gott“, stöhnte sie. Ihr Blick war auf eine Baumgruppe gerichtet, die sich ungefähr zwanzig Schritte vom Rucksack entfernt befand.

Lilo, Poppi und Dominik folgten ihrem Blick und erschraken ebenfalls. Nur wer genau hinsah, konnte im Schutz der Blätter und Zweige den graugrünen Körper sehen, der dort lag.

Kim holte hektisch das Fernglas aus der Tasche und hielt es an die Augen. „Ein riesiges Tier ... auf der Lauer!“, flüsterte sie.

„Axel! Nicht weiter! Komm zurück!“, brüllten Dominik und Lieselotte aus Leibeskräften. Poppi stimmte sofort mit ein. Sie formten mit den Händen Trichter und hielten sie an den Mund, um lauter zu sein.

Ihr Freund tauchte am „Zeigefinger-Felsen“ auf und sah zu ihnen hinauf. Er konnte sie nicht gut sehen, da die Sonne über ihnen stand und ihn blendete.

„Komm zurück! Schnell!“ Die Knickerbocker fuchtelten hektisch und deuteten ihm, sofort umzudrehen.

„Wieso?“, rief Axel hinauf. Seine Stimme hallte von der Felswand wider und es hörte sich an, als wäre er in einem hundert Meter tiefen Brunnen.

„Ein Komodowaran, hinter dir!“, warnten ihn die anderen.

„Junge, komm ... schnell ... nimm denselben Weg zurück!“, rief Kim. Ihre Stimme war aber zu leise. Axel konnte sie nicht hören.

Er tippte sich an die Stirn und glaubte seinen Freunden kein Wort. „Ihr wollt mich wohl reinlegen. Sehr witzig. Dominik, du kannst dir deine Fototasche selbst holen!“, schnaubte Axel empört.

Joe schob die Bande und die Forscherin zur Seite. „Axel, das ist kein Witz!“, brüllte er so laut er nur konnte.

„Das sagst ausgerechnet du!“, lachte Axel.

Und dann war es zu spät. Hinter ihm kam Bewegung in die tiefen Äste der Büsche. Er hörte ein Knacken, drehte sich um und sah den Komodowaran aus dem Dickicht brechen. Auf den krummen, nach innen gedrehten kurzen Beinen watschelte er direkt auf ihn zu. Da er vermutlich noch nie einen Menschen gesehen hatte, waren die ersten Schritte etwas zögerlich und langsam. Dann aber beschloss er die Beute zu jagen, bevor sie ihm entwischte. Der Komodowaran rannte los. Sein Gang war plump, doch er erreichte trotzdem eine große Geschwindigkeit.

Axel machte kehrt und lief so schnell wie nie zuvor

in seinem Leben. Er war ein großartiger Sprinter und erzielte auf kurzen Strecken Rekordzeiten. Diesmal ging es aber nicht um einen Preis, sondern um sein Leben.

Überraschend flink und behände bewegte sich die gigantische Echse über den Boden. Sie ließ ihr Opfer nicht aus den Augen.

Poppi konnte nicht hinsehen. Lilo biss sich die Lippe blutig und Dominik hatte die Hände vor das Gesicht geschlagen. Joe und Kim standen mit offenem Mund da und starrten mit weit aufgerissenen Augen in die Tiefe.

Zwischen Axel und dem Komodowaran waren höchstens zwanzig Meter Abstand. Von Sekunde zu Sekunde verringerte sich dieser Abstand aber. Der Waran holte rasend schnell auf.

Axel rannte über den ausgetrockneten Boden, der an mehreren Stellen tiefe Risse hatte. Ohne sich umzublicken, spurtete der Knickerbocker quer über die Ebene, immer weiter weg von dem Felsen, auf dem seine Freunde standen und zitterten.

Der Komodowaran gab beim Rennen weder ein Zischen noch ein Fauchen oder Keuchen von sich. Axel hörte nur das Hämmern seiner schweren Schritte. Als der Junge endlich einen Blick über die Schulter wagte, durchzuckte ihn der Schreck wie ein Blitz.

Der Abstand hatte sich auf nur noch zehn Meter

verringert. Der Komodowaran riss bereits das Maul weit auf, bereit, die rasierklingenscharfen Zähne in die Beute zu schlagen.

Wie von selbst rannten Axels Beine immer weiter und weiter. Der Schreck raubte ihm aber viel Kraft und er spürte, wie er langsamer und langsamer wurde.

„Bitte nicht!“, flehte Lieselotte leise. „Bitte nicht!“ Sie schlang den Arm um Poppi, die zusammengekrümmt auf dem Boden hockte.

Aus dem offenen Maul des Komodowarans kam ein gieriges Grunzen. Axel verlor die Orientierung, taumelte zur Seite, blieb mit der Schuhspitze in einer Erdspalte hängen und stolperte.

„Er hat verloren“, hörte Lieselotte Kim mit heiserer Stimme sagen.

DER KAMPF

Die Zeit schien stillzustehen. Lilo, Poppi und Dominik sahen und hörten nichts mehr. Wie erstarrt hockten sie da und wollten von der Wirklichkeit nichts mehr hören oder sehen.

„Aber ... Kim, sieh doch!“, rief Joe.

Die Forscherin hatte die Augen zusammengekniffen und wollte gar nicht sehen, was sich unten in der Ebene abspielte. Joe rüttelte sie am Arm und deutete aufgeregt in die Tiefe.

Axel war es gelungen seinen Schuh aus der Erdspalte zu reißen und weiterzutaumeln. Er hatte das Gleichgewicht aber nicht mehr finden können und kam ins Stolpern. Er stürzte bäuchlings. Der Komodowaran würde ihn einholen. Axel hatte keine Chance mehr. Er rechnete jede Sekunde damit die gebogenen Krallen der Riesenechse zu spüren.

Doch der Schmerz blieb aus. Hinter ihm krachte und splitterte Holz, der Waran gab einen wütenden, zischenden Laut von sich. Etwas krachte gegen ihn und es hörte sich fast wie ein Autozusammenstoß an.

Mit einer schnellen Bewegung wirbelte Axel herum. Hinter ihm spielte sich ein grässliches Spektakel ab. Aus einer Baumgruppe war ein zweiter Komodowaran gekommen und hatte Axels Verfolger angegriffen. Mit aufgerissenen Mäulern und den spitzen Krallen kämpften die beiden Echsen erbittert gegeneinander.

Mechanisch, fast wie ein Roboter, quälte sich Axel in die Höhe. Die Echsen keine Sekunde aus den Augen lassend, bewegte er sich rückwärts immer weiter von ihnen weg.

Mit angehaltenem Atem verfolgten seine Freunde, Kim und Joe, was unten im Tal vor sich ging. Keiner wagte zu rufen, sie fürchteten, die Komodowarane dadurch vielleicht auf den flüchtenden Axel aufmerksam zu machen.

Er hatte den Felsenpfad fast erreicht, als die Riesen-Echsen ihren Kampf unterbrachen. Der Waran, der Jagd auf Axel gemacht hatte, sah sich suchend um. Sofort hatte er Axel ausfindig gemacht und stürmte mit eckigen schweren Schritten auf ihn zu. Da wo seine Füße den Boden berührten, stiegen Staubwolken auf.

„Schneller!“, feuerte Lilo ihren Freund an.

Axel geriet in Panik, versuchte an den Felsen hochzuklettern, rutschte aber wieder ab und stürzte zurück.

Der Komodowaran kam näher. Aus seinen dunklen Augen funkelte Entschlossenheit. Diesmal würde er die Beute nicht entkommen lassen. An seiner Seite klafften tiefe Wunden, die ihm der andere Waran zugefügt hatte.

Auf einmal konnte Axel sich nicht mehr bewegen. Seine Beine waren wie gelähmt, seine Hände klammerten sich an Steinen fest und ließen sich nicht mehr lösen. Er stand nur da und wartete.

„Nicht, Axel, weiter!", brüllten alle.

Wie ein grauer Schatten bewegte sich etwas über die ausgetrocknete Erde auf den angreifenden Waran zu. Es war sein Gegner, der ihm die Beute wohl abnehmen wollte. Die zweite Echse war schneller, hatte die andere bald eingeholt und der Kampf begann erneut. Mit einem Blick nach hinten erkannte Axel, was los war. Der Krampf in seinem Körper löste sich und er schaffte es einen Fuß vor den anderen zu setzen.

Aus dem Wald tauchten noch zwei Komodowarane auf.

„Der eine hat verloren ... die anderen ... sie werden ihn fressen", sagte Kim leise. Die Knickerbocker beugten sich zurück. Das wollten sie nicht sehen.

Doch plötzlich war ein Geräusch zu hören. Axel hatte es doch geschafft. Völlig zerschrammt und schweißüberströmt torkelte er auf seine Freunde zu. Lilo, Poppi und Dominik fingen ihn auf. Joe setzte ihm sofort die Wasserflasche an den Mund und gab ihm zu trinken.

„Alles in Ordnung?", erkundigte sich Kim besorgt.

Axel antwortete nicht. Er hatte genug Mühe, Luft zu bekommen. Seine Freunde ließen ihn sich erst mal ein bisschen beruhigen. Als er endlich wieder langsamer atmen konnte, funkelte Axel die Forscherin wütend an. „Keine Gefahr! Alle Warane am anderen Ende der Insel! Sie wollten mich wohl absichtlich den Biestern vor das Maul jagen!“, tobte er. Seine Stimme war nur ein Krächzen.

„Nein ... wie kommst du auf einen solchen Unsinn! Das kannst du doch nicht im Ernst behaupten!“, verteidigte sich Kim empört.

„Dann verraten Sie mir, wieso es dort unten von Waranen nur so wimmelt!“, wollte Axel wissen.

Auf die Antwort war auch der Rest der Bande gespannt.

Kim überlegte kurz. „Es ist vielleicht wahr ... das wäre eine Erklärung.“

„Sie haben vorhin am Telefon etwas erfahren. Was war das?“, wollte Lilo wissen.

Dr. Ninta presste die Lippen zusammen. „Das hat damit gar nichts zu tun“, sagte sie spitz. „Wanderungen kommen bei allen Tieren vor. Auch bei Komodowaranen. Und jetzt müssen wir schnellstens zurück. Ich verlange, dass euer Freund zu einem Arzt gebracht wird. An einer Blutvergiftung will ich nicht schuld sein.“

Während der Fahrt im Boot redete keiner etwas. Axel war erschöpft eingeschlafen, die anderen starrten auf das Meer hinaus. Immer wieder drehte sich Poppi zur Insel um, die kleiner und kleiner wurde.

Dominik bemerkte ihren Blick und sagte: „Ich möchte dort nie wieder hin."

„Ich auch nicht!", pflichtete ihm Poppi bei.

Doch es sollte anders kommen.

Beim Arzt musste Axel etwas über sich ergehen lassen, das für ihn fast so schlimm wie die Verfolgung durch die Komodowarane war: Er bekam eine Tetanusspritze. Er hätte es nie zugegeben, aber vor Spritzen hatte er schreckliche Angst.

Nach dem Arztbesuch brachte Joe die Knickerbocker-Bande in das kleine Hotel, wo er mit den vieren wohnte. Wie immer teilten sich Lilo und Poppi ein Zimmer, Axel und Dominik waren gleich nebenan untergebracht.

„Ich bin in einer Stunde zurück. Muss nur kurz zum Haus von Mr Krok", entschuldigte sich Joe.

Lilo stutzte. „Ich dachte, es wäre unbewohnt."

„Ist es auch. Aber ich bin der Hausverwalter und muss ein wachsames Auge darauf werfen. Ich gehe öfters durch alle Zimmer und lüfte ein bisschen."

„Können wir mitkommen?", fragte Dominik.

Joe schüttelte den Kopf. „Nein, das wäre Mr Krok bestimmt nicht recht."

„Aber er würde es doch nie erfahren. Wir werden auch bestimmt nicht die Tapete mit Filzstiften voll malen", versprach Axel scherzhaft. Trotzdem winkte Joe ab.

Die Bande setzte sich hinter das Hotel in ein offenes Gartenhäuschen. Ein freundliches Mädchen brachte ihnen Wasser und Cola. Der Abend brach bereits an und die Dunkelheit kam viel schneller als daheim.

„Geht's wieder halbwegs?", erkundigte sich Lieselotte bei Axel.

„Na ja, mein Bedarf am Komodowaranen ist im Augenblick gedeckt. Ich hoffe, die netten Tierchen erscheinen mir nicht auch noch in Albträumen."

Dominik putzte seine Brille lange und gründlich. „Wieso behauptet Kim, es gibt keine Komodowarane rund um den Aussichtsfelsen, wenn dann doch welche auftauchen?", überlegte er laut.

„Gute Frage, ich habe sie mir auch schon einige Male gestellt!", sagte Lilo.

Poppi fiel etwas ein und sie meldete sich aufgeregt zu Wort. „Erinnert ihr euch nicht an das Telefonat, das sie geführt hat? Da hat sie doch etwas gesagt, so wie ‚das wäre eine Sensation. Aber es hat Auswirkungen auf die Komis'. Der Vergleich klingt vielleicht komisch, aber wenn in einem Waldstück etwas Ungewöhnliches geschieht, dann wandern die Rehe und Hirsche ab und ziehen sich in einen anderen Teil des Waldes zurück."

Dominik nickte zustimmend. „Kein schlechter Gedanke. Auf der Südseite der Insel hat sich etwas ereignet. Deshalb sind die Komodowarane auf die

Nordseite gekommen. Übrigens ..." Er zog aus der Brusttasche seines Hemds Kugelschreiber und Mini-Notizblock und kritzelte etwas darauf. „Die Telefonnummer, die ich mir für dich merken sollte." Er reichte Lilo den Zettel.

Das Superhirn, wie Lieselotte oft genannt wurde, bedankte sich. „Vielleicht bekommen wir dort die Informationen, die uns weiterhelfen können." Lilo wollte nicht warten und ging deshalb ins Hotel um zu telefonieren.

„Tut mir Leid, aber unser Telefon ist zurzeit gestört. Morgen müsste es wieder funktionieren", sagte das freundliche Mädchen entschuldigend.

Lilo musste sich also noch gedulden und das gefiel ihr ganz und gar nicht.

DIE FALLENDEN LICHTER

Das Abendessen fand auf der Dachterrasse des Hotels statt. Die Knickerbocker-Freunde mochten diesen Platz besonders gern. Von hier oben sahen sie bis zum Meer, wo sich das Licht des Mondes auf den Wellen spiegelte. Es sah aus, als hätte jemand einen Eimer Silberfarbe verschüttet.

Auf der anderen Seite waren in der Ferne die Lichter einer kleinen Stadt zu erkennen. Entlang der schmalen Straße, die vom Hotel zur Stadt führte, war eine Lampenkette gespannt, die sich wie ein leuchtender Wurm durch die nächtliche Landschaft zog.

Der Himmel war klar. Die Bande sah so viele Sterne wie nie zuvor im Leben.

„Was bist du eigentlich von Beruf?“, wollte Poppi nach dem Essen von Joe wissen.

„Na ja, das ist schwierig zu sagen“, begann Joe. Er nahm seine uralte Kappe ab und rieb sich die Glatze, die darunter zum Vorschein kam. „Eigentlich bin ich Fremdenführer. Aber ich passe auch auf das Haus von Mr Krok auf. Tu mal dies und mal jenes.“

Dominik zog einen aufklappbaren Mini-Computer heraus, öffnete und startete ihn. „Wir sollten endlich mit unserem Artikel beginnen. Noch haben wir alle Erlebnisse frisch im Gedächtnis.“

Axel äffte ihn hinter seinem Rücken nach. Dominik bemerkte es, regte sich aber nicht auf. „Nun ja, ich weiß, wie vergesslich du bist, Axel. Deshalb die Eile."

„Grrrrrr!", knurrte Axel scherzhaft. „Dann tipp mal schön. Meine Begegnung mit dem Komodowaran muss natürlich unbedingt vorkommen."

Joe erhob sich leicht aus seinem Sitz. „Ich wäre euch dankbar, wenn ihr nichts darüber schreibt."

Poppi sah ihn überrascht an. „Wieso? Das ist doch ein Hammer."

„Schon, aber ich hätte nie zulassen dürfen, dass Axel in dieses Tal klettert. Wenn die Leute von der Zeitung das lesen, bezahlen sie mein Honorar bestimmt nicht. Sie haben mir mindestens hundertmal eingeschärft, ich muss gut auf euch aufpassen!"

„Na ja, aber ohne diesen Bericht wird unser Artikel langweilig", seufzte Dominik. „Wir haben auch noch nicht genug Informationen gesammelt. Kim war nicht sehr ergiebig."

„Wir besuchen sie noch einmal", versprach Joe. „Dann wird sie bestimmt mehr erzählen. Zum Glück habe ich es geschafft, Dominiks Foto-Ausrüstung zu retten. Dann könnt ihr noch einige Bilder machen. Aber jetzt möchte ich endlich von euch erfahren, was ihr schon alles erlebt habt. Seid ihr wirklich Junior-Detektive?"

Stolz begannen die vier zu erzählen, wie viele Fälle

sie schon gelöst hatten. Während die anderen redeten, dachte Lieselotte: „Und was hier nicht stimmt, das finden wir auch noch heraus."

Die Nacht war nicht viel kühler als der Tag. Unruhig wälzten sich die Knickerbocker auf ihren Betten. Immer wieder tauchten Komodowarane in ihren Träumen auf.

Schweißgebadet schreckte Dominik in die Höhe. Schuld daran war kein Albtraum, sondern sein Computer. Ihm war eingefallen, dass er ihn oben auf dem Dach liegen gelassen hatte. Er schlüpfte aus dem Bett und verließ das Zimmer, um den Computer zu holen.

Der Gang und das Treppenhaus waren nur schwach beleuchtet. Barfuß tappte der Knickerbocker über den kühlen Stein und huschte nach oben.

Eine milde Brise strich über die Insel. Auf dem Esstisch brannte noch immer eine Kerze. Dominik hatte den Computer schnell gefunden und drückte ihn wie ein Baby an sich. Er war sehr stolz auf das kleine Ding, das so viel konnte und nicht gerade billig gewesen war.

Auf der Dachterrasse war es kühler und angenehmer als in den Zimmern. Deshalb blieb Dominik ein bisschen stehen und atmete tief durch. Die Müdigkeit überkam ihn wieder. Er ließ sich auf einen Stuhl sinken und legte die Beine auf den Tisch. Sekunden später war er eingeschlafen und schnarchte leise.

Irgendwann in der Nacht wurde er wieder munter. Etwas Kühles strich über seinen nackten Arm. Dominik sah sich erschrocken um. Die Kerze war fast ganz heruntergebrannt.

Erleichtert atmete er auf. Das „Kühle“ war ein Zipfel des Tischtuchs, der im Wind flatterte. Gähnend erhob er sich und wankte auf die offene Tür des Treppenhauses zu. Er wollte in sein Bett. Das Schlafen im Stuhl war nicht das Wahre. Seine Beine waren eingeschlafen, seine Arme ganz steif.

Ein leises Brummen ließ ihn zum Himmel blicken. Er sah rote blinkende Lichter über sich. Ein Flugzeug flog in nicht allzu großer Höhe über seinen Kopf hinweg.

Dominik öffnete den Computer, schaltete ihn ein und sah auf die eingebaute Uhr. Es war halb drei Uhr morgens. Wieso flog um diese Zeit ein Flugzeug über die Insel? Die geringe Höhe konnte nur bedeuten, dass es entweder gerade gestartet war oder bald landen würde.

Die Lichter machten es einfach, das Flugzeug im Auge zu behalten. Es glitt hinaus auf das Meer, wo sich die Inseln befanden. Dominik spürte, wie die Aufregung durch seine Arme und Beine kribbelte. Das Flugzeug begann über einem Punkt draußen auf dem Meer Kreise zu ziehen. Zuerst waren sie sehr groß, nach und nach wurden sie aber immer enger.

Täuschte er sich, oder kreiste das Flugzeug genau

über der Komodowaran-Insel, auf der sie am Nachmittag gewesen waren?

Ihm fiel seine Fototasche ein. Das Teleobjektiv der Kamera funktionierte besser als jedes Fernrohr. Er wollte es holen. Damit würde er das Flugzeug genauer sehen können. Er spürte, dass diese Beobachtung wichtig sein konnte.

Zurück im Zimmer der Jungen versuchte er Axel zu wecken. Wahrscheinlich hätte er eher ein Murmeltier im tiefsten Winter wecken können als seinen Knickerbocker-Kollegen. Axel grunzte nur unwillig, drehte sich dann weg und schnarchte weiter. Es blieb keine Zeit, die Mädchen aus dem Bett zu holen. Vielleicht war das Flugzeug dann schon wieder fort. Dominik schulterte die Tasche und hastete zurück auf die Dachterrasse.

Die roten und weißen Lichter kreisten noch immer, nun aber bereits sehr knapp über der Wasseroberfläche des Meeres oder der Insel. Das Flugzeug wollte also landen.

Mit zitternden Fingern steckte Dominik das lange und dicke Objektiv auf die Kamera. Er musste den Apparat am Tisch abstützen, weil er sonst zu stark gewackelt hätte. Dann hätte Dominik überhaupt nichts gesehen. So aber gelang es ihm, das Flugzeug in den Sucher zu bekommen.

„Eine kleine Maschine ... einmotorig“, murmelte er. Er drückte ein paar Mal auf den Auslöser, aber es war zu finster. Auf den Bildern war bestimmt nichts zu erkennen.

Trotzdem beobachtete Dominik weiter. Er rechnete jede Sekunde mit der Landung der Maschine.

Doch etwas ganz anderes geschah. Aus der Maschine fielen grell leuchtende Punkte und bewegten sich mit rasender Geschwindigkeit auf die Erde zu. Bei den Lichtern schien es sich um eine Art Fackeln zu handeln. Sie hinterließen eine dicke Rauchfahne. Wie Sternschnuppen fielen sie über den dunklen Himmel und verschwanden am Horizont. Dominik zählte neun Lichtpunkte. Danach drehte die Maschine ab und nahm wieder Kurs auf die Insel. Minuten später glitt sie über ihn hinweg und verschwand hinter einem Hügel.

Was hatten die Lichter zu bedeuten?

„Wieso hast du uns nicht geweckt?“, fragte Axel am nächsten Morgen empört.

„Weil du geschnarcht hast wie ein Sägewerk und im Halbkoma lagst!“, brummte Dominik.

„Ich? Geschnarcht? Bestimmt nicht!“, sagte Axel.

„Egal, vergiss es. Hauptsache, Dominik hat alles beobachtet“, unterbrach Lieselotte den Streit der Jungen. „Fest steht, ein Flugzeug hat Dinge zu genau der Insel gebracht, auf der irgendetwas nicht in Ordnung ist. Poppis Verdacht von gestern könnte stimmen: Auf der Südseite ist etwas im Gange. Deshalb sind die Komodowarane gewandert.“

Poppi lächelte stolz. Meistens fand sie nämlich die anderen viel schlauer und besser als sich selbst.

„Das Flugzeug hat bestimmt Leute zur Insel gebracht!“, stand für Axel fest. „Sie sind per Fallschirm abgesprungen und haben Magnesiumfackeln in der Hand gehalten. Diese Fackeln geben ein besonders helles Licht und gehen auch bei Sturmstärke 10 nicht aus.“

Dominik verschränkte die Arme vor der Brust und spottete: „Du bist ja immer so klug!“

„Was willst du damit sagen?“, knurrte Axel drohend.

„Falls wirklich Fallschirmspringer aus dem Flieger gehüpft sind, so tun sie mir Leid. Die Maschine hat sich höchstens fünfzig Meter über dem Boden befunden. Niemand kann einen Sprung aus so geringer Höhe überleben."

Gern gab es Axel nicht zu, aber Dominik hatte Recht.

„Und, was hatten die Lichter sonst zu bedeuten?", fragte er bissig.

Lilo hatte eine Erklärung: „Es sind vielleicht Koffer oder Kisten abgeworfen worden. An ihnen waren die Fackeln befestigt, damit die Sachen schnell gefunden werden konnten."

„Aber die Insel ist doch unbewohnt, hat Kim gesagt!", rief Poppi. „Wieso werden dann Kisten abgeworfen?"

Dominik kannte nur eine Erklärung: „Es hält sich doch jemand auf der Insel auf. Die große Frage lautet nun aber: Wieso lässt sich der große Unbekannte mitten in der Nacht Sachen bringen?"

„Ist doch logisch", sagte Axel. „Damit es niemand bemerkt."

Lilo lächelte triumphierend. „Wie ich es mir gedacht habe, auf der Insel stimmt etwas nicht. Wir müssen dringend noch einmal mit Kim reden."

„Warum wollt ihr schon wieder zu Dr. Ninta?" Joes Haltung ließ keinen Zweifel daran, wie wenig Lust er hatte, noch einmal zu der Komodowaran-Forscherin zu fahren.

„Weil auf der Insel etwas nicht stimmt und sie es unbedingt erfahren muss. Es geht schließlich um die Tiere, die sie beobachtet“, erklärte Lieselotte.

„Gestern hat mir Kim Ninta unmissverständlich zu verstehen gegeben, dass sie euch nicht mehr sehen möchte!“, sagte Joe. „Ich kenne sie nur ein bisschen, aber ich weiß, wie ungemütlich sie werden kann. Die kleine Person kann sich in ein wahres Monster verwandeln. Deshalb trägt sie auch den Spitznamen Godzilla hier bei uns.“

Die Knickerbocker-Bande traute das Dr. Ninta zu, trotzdem wollten sie sich in die Höhle des Löwen wagen.

„Na gut, aber ich komme nicht mit“, stimmte Joe schließlich zu. Er fuhr die Bande zur Küste hinunter und setzte sie ein Stück vor dem pyramidenförmigen Haus ab. „Ich warte hier. Bestimmt wird es nicht lange dauern. Sie wirft euch hochkantig raus und ich habe euch gewarnt.“

Ganz wohl war Poppi, Lilo, Axel und Dominik nicht, als sie auf das ungewöhnliche Haus zugingen.

Poppi deutete auf die schmalen Beete, die sich am Weg entlangzogen. Die Blumen waren alle geknickt, zum Teil sogar niedergetrampelt. „Wer war das denn?“

Lilo zuckte mit den Schultern: „Keine Ahnung.“

Axel schnitt eine wilde Grimasse und spreizte die Finger wie lange Krallen weg. „Das war der Feuer speiende Komodowaran, der hier sein Unwesen treibt“, grunzte er mit verstellter Stimme. „Es gibt nur einen, aber der ist fünfmal so groß wie die anderen und wo er hintritt, wächst kein Gras mehr.“ In diesem Augenblick stolperte Axel über einen Stein und landete auf dem Boden. Seine Freunde konnten sich das Lachen nicht verkneifen.

„Statt Schauermärchen zu erzählen, solltest du besser auf den Weg achten!“, riet ihm Dominik.

„Ja, Herr Oberlehrer!“, knurrte Axel.

Lieselotte klopfte an die Tür und trat dann wieder zurück. Sie wartete am Fuß der kleinen Treppe mit den anderen. Wenn Dr. Ninta wirklich so schlecht auf sie zu sprechen war, wollte sie nicht den ganzen Zorn allein abbekommen.

Doch die Forscherin öffnete nicht.

Axel unternahm den nächsten Versuch, der aber genauso erfolglos blieb.

„Sie ist nicht da!“, stellte Dominik fest.

„Ihr Boot liegt aber am Steg vertäut!“, meldete Poppi.

Lieselotte wollte noch ein letztes Mal klopfen. Als sie zur Tür trat, stutzte sie. Es war gar nicht abgeschlossen. Die Tür stand sogar einen kleinen Spalt offen. Die Angeln schienen eingerostet zu sein und deshalb war sie nicht weiter aufgegangen.

„Seht euch das mal an!“, sagte Lilo zu ihren Freunden. Sie deutete auf die offene Tür und hob verwundert die Schultern. Axel drängte sich an ihr vorbei und drückte die Tür weiter auf. Neugierig blickten die vier in den großen düsteren Raum.

„Frau Ninta, hallo? Sind Sie zu Hause?“, rief Dominik.

Er bekam keine Antwort.

„Da ist was passiert“, murmelte Lilo. Die wuchtigen Baumstamm-Möbelstücke waren verrückt und verschoben. Lieselotte erinnerte sich aber genau, dass bei ihrem ersten Besuch alles besonders ordentlich gewesen war. Frau Ninta schien großen Wert auf Ordnung und Genauigkeit zu legen.

„Das Telefon!“ Dominik zeigte auf den Apparat, der auf dem Boden lag. Jemand schien ihn von dem kleinen Hocker hinuntergeworfen zu haben. Der Hörer war zerbrochen. Lilo beugte sich darüber, um ihn genauer anzusehen, und schluckte. „Da ist ... der Abdruck einer Sohle drauf. Jemand ist auf den Hörer getreten. Muss ein ziemlich schwerer Typ gewesen sein.“

Axel hatte ebenfalls eine schlimme Entdeckung gemacht. Er klopfte mit dem Finger auf zwei kleine schwarze Löcher in der Wand. „Das ... das könnten Einschüsse sein.“

„Was war hier los?“, überlegte Lilo laut.

Dominik fiel etwas ein. „Kim Ninta hat die Tür

ihres Hauses zweifach abgesperrt, als sie mit uns auf die Insel gefahren ist. Heute aber war die Tür offen."

„Dann ist sie hier nicht freiwillig weggegangen", stand für Lilo fest. „Kommt, wir müssen das Joe erzählen und sofort zur Polizei gehen. Hier ist etwas Schreckliches geschehen."

Auf einmal wurde es dunkler im Raum. Erschrocken drehten sie sich um. Im Türrahmen stand ein bulliger Mann und füllte ihn fast völlig aus. Sein Gesicht war stark gerötet und er schwitzte heftig.

„Was habt ihr hier zu suchen?", wollte er wissen. Seine Stimme war leise und drohend. Er trat ein und drückte die Tür hinter sich mit seinem breiten Rücken zu. Damit hatte er der Bande den einzigen Fluchtweg abgeschnitten.

Axel, Lilo, Poppi und Dominik drängten sich zusammen und versuchten sich ihre Angst nicht anmerken zu lassen.

„Wir ... also wir haben gestern mit Dr. Ninta gesprochen“, platzte Dominik heraus, weil ihn das Schweigen fertig machte. Lilo versetzte ihm einen heftigen Stoß in die Rippen. Sie hatten keine Ahnung, wer der Typ war, und behielten deshalb auch besser alles, was sie wussten, für sich.

Der Blick des Mannes fiel auf das zertretene Telefon. Sofort bildete sich eine dicke Falte auf seiner Stirn. Er starrte die Knickerbocker entsetzt an. „Wart ihr das?“

Dominik hob abwehrend die Hände. „Nein, was denken Sie von uns?“

Lilo nahm allen Mut zusammen und fragte: „Wer sind Sie eigentlich und was wollen Sie hier?“

Während er sich im ganzen Raum umsah, antwortete der Mann: „Ich bin zufälligerweise ein sehr guter Freund von Dr. Ninta und vor einer halben Stunde erst angekommen. Eigentlich sollte sie mich vom Flugplatz abholen. Da sie nicht da war, bin ich mit einem Taxi gekommen. Ich dachte, sie wäre auf der Insel bei ihren Komis. Aber jetzt habe ich den Ein-

druck, ihr habt sie überfallen und ausgeraubt. Wahrscheinlich liegt sie irgendwo gefesselt in einem der oberen Räume. Los, raus mit der Sprache!" Er macht einen schnellen Schritt auf Axel zu und packte ihn am T-Shirt.

„Das ... das ist alles nicht wahr. Sie reimen sich da etwas zusammen!", rief Lilo und überlegte, wie sie Axel helfen konnte. Kims Freund hatte mehr Kraft als sie alle vier zusammen.

„Augenblick, Sie könnten Recht haben!", erklärte Dominik altklug. Seine Freunde sahen ihn entsetzt an. Wovon redete er? War er verrückt geworden? Dominik spürte die aufgebrachten Blicke und sagte schnell: „Ich meine, Ihr Verdacht, dass Dr. Ninta einem Überfall zum Opfer gefallen ist, könnte sich als richtig erweisen. Allerdings kommen wir als Täter nicht infrage. Sie können sich gerne bei Joe erkundigen. Er ist unser Betreuer und wartet draußen im Wagen."

„Wagen? Draußen steht kein Wagen!", polterte der Mann.

„Was?" Die Knickerbocker-Bande traute ihren Ohren nicht.

Der Mann ließ Axel los und stieß ihn zurück. „Ich möchte endlich erfahren, wer ihr seid!", sagte er. Seine Stimme ließ keinen Zweifel daran, dass er nicht mehr viel Geduld hatte.

Lilo begann ihm zu erzählen, warum sie auf die

Insel Komodo gekommen waren. Sie berichtete von dem Ausflug zur kleinen Insel mit Dr. Ninta und von den Erlebnissen, die sie dort gehabt hatten.

„Ach, ihr seid das. Kim hat gestern Abend ohnehin von euch gesprochen. Ihr sollt ziemlich neugierig sein und an Türen lauschen!" Der Mann verschränkte die dicken Arme vor der Brust.

„Dann sind Sie vielleicht der Typ, der ihr von einer Sensation auf der Komodowaran-Insel berichtet hat!", gab Lieselotte zurück.

Sofort verfinsterte sich das Gesicht des Mannes wieder. „Raus, verschwindet. Ich will euch hier nicht mehr sehen!", fuhr er sie an und deutete auf die offene Tür. Die Knickerbocker ließen sich das nicht zweimal sagen und zogen so schnell wie möglich ab. Um den Mann machten sie dabei einen kleinen Bogen.

Hinter ihnen wurde die klemmende Tür heftig zugedrückt. „Kim? Bist du da? Kim? Ich bin es, Leon!", hörten sie den Mann im Haus rufen. „Ich habe die lästigen Kinder rausgeworfen!"

„Lästige Kinder!" Axel schnaubte verächtlich. Wie konnte jemand sie nur so nennen.

„Da ist etwas geschehen. Ich trau mich zu wetten", sagte Lilo.

„Joe ist wirklich nicht mehr da!", meldete Poppi aufgeregt.

„Was soll denn das schon wieder?", murmelte Lilo. Sie ging kopfschüttelnd auf die Stelle zu, wo der

Wagen abgestellt gewesen war. Im Gras neben dem Schotterweg waren noch deutlich die Spuren der Reifen zu erkennen. Sie endeten nach ein paar Metern.

„Häää?" Axel nahm seine Kappe ab und kratzte sich am Kopf. „Das gibt's doch nicht. Der Wagen kann sich schließlich nicht in Luft aufgelöst haben. Oder?"

„Sieht aus, als hätte er abgehoben!", stellte Dominik mit Kennerblick fest.

„Klar! Joe ist nämlich in Wirklichkeit ein Außerirdischer und sein alter Jeep ist ein UFO. Er hat einfach abgehoben und ist abgedüst!", spottete Poppi.

Dominik konnte es nicht leiden, wenn er nicht ernst genommen wurde. „Darf ich dich um eine bessere Erklärung bitten?", sagte er sauer.

Poppi zuckte mit den Schultern. „Ist doch klar. Joe hat zurückgeschoben. Schaut euch die Spur genauer an. Es liegt eine zweite darüber, die ein kleines Stück verschoben ist. Er wollte uns wieder reinlegen."

Der Rest der Bande war platt. Keiner hätte Poppi diesen Durchblick zugetraut.

„Du hast Recht", sagte Lilo. „Er hat das Lenkrad nicht bewegt und ist deshalb auf der gleichen Spur wieder aus der Wiese auf die Straße gefahren. Auf dem Schotter sehen wir natürlich die Spur nicht. Joe versucht wieder besonders witzig zu sein."

„Hahaha!", knurrte Axel. „Der Typ scheint jede Nacht in der Witzkiste zu schlafen."

Die Straße machte schon nach etwa hundert Metern eine scharfe Biegung. Dahinter hupte es nun und Joes Jeep kam zum Vorschein.

Joe beugte sich aus dem Fenster und rief den Knickerbockern zu: „Ihr könnt die Nachforschungen einstellen. Ich bin nicht weggeflogen. Das habt ihr doch sicher geglaubt!"

Die Knickerbocker setzten besonders gelangweilte Gesichter auf und verschränkten die Arme vor der Brust. So gingen sie langsam auf den Wagen zu.

„Äh ... habt euch nicht so. Ihr werdet doch einen kleinen Spaß verstehen." Joe lachte gekünstelt.

Axel pflanzte sich vor ihm auf und sagte mit ernster Miene: „Keine schwachen Scherze mehr, klar?"

Joe grinste schief. „Okay, nur noch starke." Er brach in schallendes Gelächter aus.

Hinter der Bande tauchte Kim Nintas Freund Leon auf. Er kam mit großen Schritten auf sie zu. „Ich ... ich muss zur Polizei. Sie ist weg. Aber sie hat das Haus nicht so verlassen, wie sie das üblicherweise tut. Kim ist sehr ordentlich. Ich wollte telefonieren, aber das Telefon ist kaputt. Können Sie mich mitnehmen?"

„Na ja, es wird eng werden, aber schließlich handelt es sich um einen Notfall", stimmte Joe zu.

Die Knickerbocker-Bande hätte zu gerne gewusst, was die Polizei zu Kims Verschwinden sagte. Aber sie durften nicht mit in die Polizeistation gehen.

„Für heute steht ein Besuch des Museums auf dem Programm“, kündigte Joe an.

„Von mir aus“, seufzte Lilo, „aber vorher wollen wir unbedingt zum Flugplatz.“

„Wieso? Möchtet ihr heimfliegen?“, fragte Joe erschrocken. „Ihr wisst doch, ich bekomme dann Schwierigkeiten und werde bestimmt nicht bezahlt!“

„Kannst dich abregen“, beruhigte ihn Lilo. „Wir wollen uns nur ein bisschen umsehen.“

LAUTER LÜGEN

Der Flugplatz bestand aus zwei Teilen. Der größere Teil war den Verkehrsmaschinen vorbehalten, die Reisende aus aller Welt brachten. Daneben befand sich ein kleineres Gebäude mit ausladendem Holzdach, der Terminal für Privatmaschinen. Dort wollte die Knickerbocker-Bande hin.

Joe parkte den Wagen ein und wollte mit den vieren mitkommen. „Wir schaffen das schon allein", sagte Lieselotte. Sie wollte Joe nicht einweihen. Seine ständigen Scherzchen hatten Lilos Sympathie für den Fremdenführer nicht gerade gesteigert.

Der Terminal besaß weder Fenster noch Türen und bestand nur aus einem riesigen Dach auf Säulen. Hinter einem kleinen Schalter saß ein grauhaariger Mann und blätterte in der Zeitung. Ein großer Ventilator sorgte für ein bisschen Kühlung.

Lieselotte sprach den Mann auf Englisch an. Er senkte die Zeitung und blickte sie überrascht an. „Was kann ich für euch tun?", erkundigte er sich höflich.

„Äh ... wir ... wir wollten gern die Flugzeuge ansehen, dürfen wir?"

Der Mann deutete hinter sich, wo eine asphaltierte Piste begann. In einiger Entfernung vom Flughafengebäude waren vier kleine Maschinen abgestellt. Zwei waren so winzig, dass sie höchstens für zwei Personen ohne Gepäck Platz hatten. Die dritte schien etwas größer, doch ihr Propeller fehlte. Sie wurde wahrscheinlich gerade repariert. Die vierte war die größte. Axel zählte an der Seite drei kleine ovale Luken und erkannte eine große Ladeklappe. Falls Dominik eine der drei Maschinen in der Nacht beobachtet hatte, kam nur die infrage.

Der Rest der Bande hatte ähnliche Überlegungen angestellt. Fast gleichzeitig deuteten die vier Freunde auf dieselbe Maschine.

„Ist dieses Flugzeug gestern Nacht unterwegs gewesen?“, erkundigte sich Lilo.

Der Mann warf ihr über den Rand seiner Brille einen erstaunten Blick zu. „Was soll diese Frage? Du hörst dich an, als kämst du von der Polizei.“

Lilo lachte. „Komme ich nicht. Es ist nur so eine Frage. Einer meiner Freunde hat in der Nacht ein Flugzeug aufsteigen sehen und wir haben gewettet, wie es genau aussieht. Es war doch diese Maschine, nicht wahr?“

„Eine Wette!“ Der Mann schüttelte das graue Haupt und tippte etwas auf einer Computer-Tastatur. Er warf einen Blick auf den Monitor und nickte. „Wer hat die Wette gewonnen, wenn ich Ja sage?“

Lilo hob die Hand. „Ich!“ Sie schenkte dem Mann ihr strahlendstes Lächeln.

„Gratuliere. Es war das Lufttaxi!“

„Lufttaxi?“ Poppi war neben Lieselotte getreten und hatte nur den letzten Satz aufgeschnappt.

„Ja, es ist ein Flugzeug, das stundenweise gemietet werden kann“, erklärte der Mann.

Axel war neben den Mädchen aufgetaucht und fragte neugierig: „Was könnte das Flugzeug zu einer der kleinen Inseln gebracht und abgeworfen haben?“

Der Mann verzog ungläubig das Gesicht. „Was redest du da? Abgeworfen? Also, davon weiß ich nichts.“

„Es war aber so! Ich habe es mit meinen eigenen Augen gesehen!“, bekräftigte Dominik.

„Schluss jetzt!“ Der Mann scheuchte die vier fort und widmete sich wieder seiner Zeitung.

„Wir müssen melden, was Dominik beobachtet hat!“, meinte Poppi.

Die Bande ging in Gedanken versunken zum Wagen zurück. Völlig überraschend tauchte ein schlaksiger junger Mann vor ihnen auf und verstellte ihnen den Weg. Seine Arme und Beine schienen überlang zu sein. Ein bisschen erinnerte er Poppi an einen Orang-Utan.

„Ich ... ich habe zufällig gehört, was ihr Sammy gerade gefragt habt!“ Er deutete mit dem Kopf auf den lesenden Mann. „Ich kann euch das erklären.“

Das Gesicht des Burschen war mit Sommersprossen übersät. Er wirkte sehr hektisch und nervös.

„Wir sind ganz Ohr!“, sagte Dominik.

„Also ... es ist so ... aber es muss unter uns bleiben. Dort auf der Insel leben die meisten Komodowarane. Es sind für dieses Gebiet aber bereits zu viele. Doch es dürfen keine der Echsen abgeschossen werden. Sind schließlich fast vom Aussterben bedroht. Und deshalb werden sie heimlich gefüttert!“ Während er berichtete, fuhr sich der Bursche ständig mit den Fingern durch die langen Haare und strich sie zurück.

„Gefüttert? Es wird Futter abgeworfen?“ Dominik konnte es nicht glauben.

„Jajaja, Futter. Genau.“ Der Bursche nickte bekräftigend, als hätte er einen Wackelkontakt im Hals.

„Woher wissen Sie das?“, fragte Lilo misstrauisch.

„Ich ... also, ich kenne den Piloten gut. Helfe manchmal aus. Aber ich habe euch das nur gesagt, weil es ... weil es ein Geheimnis bleiben muss. Oder wollt ihr, dass Komodowarane abgeschossen werden müssen?“

„Nein!“, sagte Poppi entschieden. „Nein, wirklich nicht.“

„Also, ich merke, wir verstehen uns. Okay? Kein Wort!“ Er legte den Finger an die Lippen, zwinkerte der Knickerbocker-Bande zu und ging dann.

Dominik sah ihm kopfschüttelnd nach.

„Was ist denn?“, wollte Axel wissen.

„Hat jemand von euch eine Erklärung, wieso der Typ lügt wie gedruckt?“, wollte Dominik wissen.

„Lügt? Du meinst, er hat nicht die Wahrheit gesagt?“ Lilo konnte es nicht glauben.

„Leute, wenn jemand Futter abwirft, wird er doch kaum Leuchtfackeln daran befestigen!“

Poppi stimmte Dominik zu. „Richtig, das verschreckt die Komodowarane höchstens.“

Lilo wollte zu dem Grauhaarigen, den der Bursche Sammy genannt hatte, aber er war nicht mehr an seinem Platz. Die Bande wartete noch ein paar Minuten, aber Sammy kehrte nicht zurück.

Joes Wagen stand nicht mehr vor dem Terminal. „Wahrscheinlich hat er ihn auf dem Parkplatz abgestellt!“, meinte Axel. Der Parkplatz gehörte zum Flughafengebäude und war ziemlich voll. Die vier Freunde seufzten. Wie sollten sie Joe hier finden? Sie konnten nur jede Reihe abgehen und das würde in der sengenden Sonne ziemlich anstrengend werden.

„Wieso ist er denn weggefahren? Was soll das schon wieder?“, schimpfte Axel.

„Dort ist er. Ich kann den Jeep sehen! Zum Glück ist er so hoch und ragt über die anderen Autos hinaus,“ meldete Lilo. Sie gab den anderen ein Zeichen ihr zu folgen. Als sie in die Parkplatzbahn einbogen, in der der Wagen abgestellt war, sah Lilo Joe an der Heckklappe lehnen. Vor ihm stand ein großer, hagerer Mann. Ein dünnes schwarzes Hemd flatterte an seinem knochigen Körper. Irgendwie erinnerte der Mann an eine Vogelscheuche.

„Hallo, Joe!", rief Poppi und winkte.

Es war nicht zu übersehen, wie heftig Joe erschrak. Er drehte sich zum Wagen und tat so, als müsse er eine Stelle auf dem Lack polieren. Von dem Mann verabschiedete er sich nicht einmal. Mit einem Ruck drehte sich dieser weg und kam mit steifen, eckigen Schritten auf die Knickerbocker-Bande zu. Er trug eine kleine, fast schwarze, runde Sonnenbrille und hatte nur wenige Haare auf dem Kopf. Er würdigte die vier Freunde keines Blickes, sondern schritt mit hoch erhobenem Haupt an ihnen vorbei.

Sein Gesicht war gelblich weiß, die Haut sah aus wie Wachs.

„Wer war das?", wollte die Bande von Joe wissen.

„Wer war was?", fragte Joe und tat so, als wüsste er nicht, von wem die Rede war.

„Der Mann, mit dem du geredet hast. Wer war das?", wiederholte Lilo.

„Ach der ... der wollte nur eine Auskunft. Und jetzt steigt ein, wir müssen weiter. Das Museum hat nicht den ganzen Tag geöffnet." Bevor noch weitere Fragen gestellt werden konnten, war Joe schon im Wagen und stellte das Radio sehr laut an.

Die vier Junior-Detektive warfen einander verwunderte Blicke zu. Joe hatte zweifellos gelogen. Aber wieso? Wer war das Wachsgesicht?

Das Museum war ein lang gestreckter, weiß gestrichener Holzbau. Auf dem Dach prangte ein mächtiger Komodowaran, der stolz auf die Besucher herunterblickte. Aus seinem Maul kam eine gespaltene Zunge.

„Geschlossen“ stand auf einem Zettel, der mit Nägeln an der Eingangstür befestigt worden war.

Joe seufzte tief. „Wir sind zu spät. Wie dumm. Der Umweg zum Flugplatz hat mein ganzes schönes Programm durcheinander gebracht.“

Trotzdem hielt er an und die Knickerbocker-Bande stieg aus. Als sie näher kamen, entdeckten sie eine zweite Zeile auf dem Zettel.

„Es hätte auch nichts genützt, früher zu kommen“, rief Dominik zum Wagen zurück. „Das Museum ist wegen eines Wasserrohrbruchs geschlossen.“

„Was gibt es hier überhaupt zu sehen?“, wollte Poppi wissen.

„Alles über die letzten Drachen dieser Welt!“, sagte eine raue, tiefe Stimme neben ihr. Poppi erschrak so heftig, dass sie einen großen Sprung zur Seite machte.

Im Schatten eines niederen Baumes saß eine uralte

Frau in einem sackähnlichen Kleid auf dem Boden. Sie hatte die Hände auf einen knorrigen Stock gelegt und schien sich über Poppis Schreck zu freuen. Ihr Gesicht war von vielen Lachfalten durchzogen. Das schwarze Haar hatte sie zu einem kunstvollen Gebilde aufgetürmt.

„Seht mich nicht an, als wäre ich gerade vom Himmel gefallen", lachte die Frau. „Ihr braucht das Museum nicht zu betreten. Fragt mich, ich kann euch alles erzählen. Ich bin besser als jedes Museum. Ich bin Muna."

Neugierig kamen Axel, Lilo, Dominik und Poppi näher.

„Los, fragt schon", forderte Muna sie auf.

„Äh ... also ... wir waren gestern mit Dr. Ninta auf der kleinen Insel im Süden. Dort soll es angeblich besonders viele Komodowarane geben", begann Lilo zu erzählen.

Muna unterbrach sie mit einer ungeduldigen Handbewegung. „Die Frage, die Frage, los!"

„Warum sind die Komodowarane plötzlich auf der Nordseite der Insel, obwohl sie dort angeblich nie aufgetaucht sind?", wollte Axel wissen.

Die alte Frau verzog das Gesicht. „Ach, was für eine langweilige Frage. Bestimmt gibt es dort das bessere Futter. Was soll sonst der Grund sein?"

„Wir glauben, dass in der Nacht Sachen am Südende der Insel abgeworfen wurden", platzte Dominik heraus. „Von einem Flugzeug aus. Haben Sie eine Ahnung warum?"

Muna nickte langsam. Sie winkte den vieren näher zu kommen und sagte mit geheimnisvoll gesenkter Stimme: „Das ist bestimmt die Ausrüstung der Schatzsucher. Sie sind wieder einmal da, um ihr Glück zu versuchen."

„Schatzsucher?" Die Junior-Detektive waren jetzt besonders neugierig geworden und ließen sich rund um die alte Frau auf den warmen Boden sinken.

„Auf einer der vielen Inseln, die verstreut im Meer von Komodo liegen, wurde ein Schatz versteckt. Es ist schon mehr als 500 Jahre her. Ein Herrscher aus Europa kam mit einer Flotte von 30 Schiffen gefahren", berichtete Muna. Sie machte mit den Armen große Bewegungen und schnitt zu ihrem Bericht wilde Grimassen. „Er ist auf einer Insel gelandet und hat von seinen Sklaven tiefe Löcher in den Boden graben lassen. Dort hat er die Schätze seines Landes versteckt. Truhen, randvoll mit Goldmünzen und Edelsteinen. Dazu Teller und Becher aus dickem Gold."

„Welcher Herrscher soll das gewesen sein?", fragte Dominik, der immer alles ganz genau wissen wollte.

Die alte Muna zuckte mit den Schultern. „Keiner erinnert sich mehr daran. Doch jeder weiß von dem Schatz."

„Und wieso hat ihn niemand gehoben?" Diese Frage interessierte Lilo brennend.

„Wieso? Weil niemand weiß, auf welcher Insel die Truhen vergraben wurden. Der Herrscher hat den Großteil seiner Mannschaft einfach zurückgelassen. Alle Männer wurden leichte Beute für die Komodowarane. Nichts blieb von ihnen übrig."

Trotz der Hitze schauderten die vier Freunde.

„Mit den wenigen, die er am Leben gelassen hatte, segelte er in die Heimat zurück. Doch kurz vor der Ankunft versenkte er die Schiffe. Außer ihm hat niemand mehr das Festland erreicht. Nur er kannte also das Versteck der Schätze, die er seinem Volk geraubt hatte."

„Und, hat er eine Schatzkarte gezeichnet?", wollte Axel wissen.

Muna schüttelte den Kopf. „Nein, er hat das Geheimnis mit ins Grab genommen. Doch er wusste, dass die Schätze in Sicherheit waren. Die letzten Drachen der Erde hüten sie. Niemandem wird es gelingen, jemals an sie heranzukommen. Viele haben es schon versucht, doch alle haben mit dem Leben bezahlt."

„Das ist doch nur ein Märchen", meinte Lieselotte.

„Das ist die Wahrheit!", zischte Muna aufgebracht. „Zweifelst du vielleicht an meinen Worten?"

„Nein, nein!", sagte Lilo schnell.

Dominik fielen die Worte ein, die sie gestern durch die Tür bei Frau Ninta gehört hatten. Sie hatte von einer Sensation gesprochen. Von verlässlicher Information und von einem Vorfall. Sollte dieser „Vorfall“ vielleicht die Entdeckung der Schätze gewesen sein?

„Und jetzt ...“ Muna riss die Augen weit auf und blickte von einem Knickerbocker zum anderen. „Und jetzt ...“

Gespannt sahen die vier sie an. Was war jetzt?

„Jetzt bekomme ich von jedem von euch Geld für die Auskunft!“

„Aber ... wir dachten ... Sie gehören zum Museum!“, stotterte Dominik.

„Ich bin das bessere Museum. Ich weiß alles über die Komodowarane. Ich bin besser als ausgestopfte Tiere und alte verstaubte Bilder. Nicht wahr?“

Muna kam mit ihrem Gesicht ganz nahe an Dominik heran. Sie roch nach Gewürzen und feuchter Erde.

„Jajaja, natürlich“, beeilte sich Dominik zu sagen. Er holte alles Geld, das er eingesteckt hatte, aus der Tasche und übergab es Muna. Sie zählte es und meinte naserümpfend: „Na gut, weil ihr Kinder seid, bekommt ihr einen Sonderpreis.“ Danach erhob sie sich und wankte auf den Stock gestützt davon.

„Der Schatz der letzten Drachen“, sagte Lilo halblaut vor sich hin. „Oft ist an diesen alten Sagen etwas Wahres dran. Vielleicht waren es nicht 30 Schiffe, aber einige Truhen voll Goldmünzen würden auch schon reichen.“

Axel nickte. „Eigentlich keine schlechte Idee, die Komodowarane als Wachhündchen einzusetzen. Aus Erfahrung kann ich euch sagen, sie sind schärfer und besser als jeder Schäferhund."

Die Bande ging zum Jeep zurück, den Joe um die Ecke im Schatten abgestellt hatte.

„Was habt ihr bei dem geschlossenen Museum so lange gemacht?", wollte er wissen.

„Kennst du eine Frau namens Muna?", fragte Lilo.

Joe lachte auf. „Die alte Märchentante. Was hat sie euch denn erzählt?"

„Vom Schatz der letzten Drachen!", berichtete Poppi.

Erst nach einer längeren Pause sagte Joe: „Das dürfte wohl die einzig wahre Geschichte sein, die Muna kennt."

EIN UNFREIWILLIGER AUSFLUG

Das Mittagessen gab es für die Knickerbocker-Bande wieder im Hotel: Hamburger mit einem Berg Pommes.

„Und, wie weit seid ihr mit eurem Bericht über die Komodowarane?“, erkundigte sich Joe schmatzend.

Axel, Lilo, Poppi und Dominik schwiegen betreten. Sie hatten noch nicht einmal richtig angefangen. „Wir haben viel zu wenig Material bisher“, beschwerte sich Lilo. „Wir brauchen tolle Fotos und noch viel mehr Informationen. Sonst wird der Artikel eine müde Geschichte.“

„Oder wir schreiben doch, dass ich von Komis angefallen worden bin“, schlug Axel vor.

„Nein, unter keinen Umständen. Das dürft ihr nicht!“, brauste Joe auf. „Ihr wisst, dass mich das meinen Job kosten könnte.“

Die Junior-Detektive blickten betreten auf ihre leeren Teller. Was sollten sie tun?

Joe gähnte heftig. Die Mittagshitze und das Essen hatten ihn müde gemacht. „Ich lege mich eine Stunde aufs Ohr. Wenn es ein bisschen kühler wird, bringe ich euch dann, wohin ihr wollt. Ich will wirklich nicht schuld sein, wenn ihr euren Auftrag nicht erfüllt.“

Die Bande blieb am Tisch sitzen und überlegte.

„Es gibt jede Menge Berichte über Komodowarane. Das einzig Spektakuläre an unserem Aufenthalt hier war Axels Begegnung mit dem Komi!", begann Dominik. „Mit einem tollen Foto gibt das eine Sensationsstory!"

Axel war der gleichen Meinung. Lilo schloss sich an. Nur Poppi wollte nichts davon wissen. „Das wäre gemein. Denkt doch an Joe."

„Ach, es wird ihm schon nichts geschehen. Wir sagen einfach den Zeitungsleuten, dass ihn keine Schuld trifft!", wischte Dominik ihre Bedenken vom Tisch.

„Ich finde das trotzdem nicht richtig. Außerdem werden die Komodowarane wieder als wilde Bestien hingestellt. Aber das sind sie nicht. Ich finde es mies, Tiere schlecht zu machen, nur um eine tolle Geschichte in der Zeitung zu haben." Poppi schrie fast.

„Ach, reg dich ab. Dein Tierfimmel geht mir manchmal ziemlich auf den Geist", brummte Axel.

Wütend schlug Poppi auf den Tisch. „Macht doch, was ihr wollt. Aber ohne mich. Ich schreibe meinen eigenen Bericht." Sie sprang auf und verließ den Hof, in dem die Bande saß. Die Tränen in den Augen verschleierten ihr den Blick. Sie dachte gar nicht darüber nach, wohin sie lief. Auf einmal stand sie auf der Straße vor dem Hotel.

„Nein, ich gehe nicht zurück. Ich will die anderen gar nicht mehr sehen!", sagte sie trotzig.

Unter einem Schattendach war der Jeep abgestellt.

Die beiden Vordertüren standen offen, damit der Wind durchstreichen konnte.

Poppi war ziemlich müde. Die breite Rückbank des Geländewagens fiel ihr ein. Sie wollte sich dort ausstrecken und ein kleines Nickerchen machen. Bestimmt würden sie ihre Freunde bald suchen, aber nicht finden. Axel würde es dann Leid tun, dass er so gemein gewesen war. Sie kroch auf die Bank und machte es sich so bequem wie möglich. Kühl war es im Wagen nicht gerade, aber auch nicht heißer als im Freien.

Poppi ärgerte sich noch ein bisschen über Axel, war dann aber schon eingeschlafen.

Nur Minuten später rüttelte sie jemand heftig. Poppi hatte Mühe die Augen zu öffnen. Sie war wie betäubt. Die Hitze und die feuchte Luft auf Komodo machten ihr sehr zu schaffen.

Wer rüttelte da?

Sie hob den Kopf und rechnete mit einem bekannten Gesicht. Bestimmt hatten ihre Freunde sie gefunden. Doch über ihr war nur das graue Autodach.

Der Jeep fuhr.

Poppi schwang sich in die Höhe und setzte sich auf. Joe raste mit großer Geschwindigkeit über die Straße. Laut schimpfte er vor sich hin. „Diese Blödmänner! Nichts ist ihnen recht. Diese verdammten Idioten. Ich halte das bald nicht mehr aus!“

Ängstlich duckte sich Poppi hinter dem Fahrersitz.

Sie ließ sich auf den Boden sinken und machte sich so klein wie möglich. Joe war losgefahren und schien sie auf der Rückbank nicht bemerkt zu haben. Er ärgerte sich wohl über die vier Knickerbocker, weil sie noch mehr über Komodowarane erfahren wollten. Poppi hatte keine Lust, dass sich sein Zorn über ihr entlud. Sie beschloss, sich ganz still zu verhalten. Joe musste schließlich bald wieder zurück zum Hotel, wo er mit der Bande verabredet war.

Die Fahrt dauerte nicht sehr lange. Joe schimpfte und fluchte, bis er den Wagen abstellte. Wütend knallte er die Tür hinter sich zu und stapfte davon. Unter seinen Schuhen knirschte Kies.

Wo war er überhaupt hingefahren?

Poppi wagte es den Kopf zu heben. Sie spähte durch das offene Autofenster und holte zischend Luft. Vor ihr lag das tollste Haus, das sie je gesehen hatte. Es hatte ein riesiges Dach, das aus einer silbernen Kunststoffplane bestand. Mit Stahlseilen und Streben war sie wie ein riesiges, schräges Segel aufgespannt. Eine Kante war am Boden befestigt, die andere befand sich mindestens zehn Meter in der Luft. Die vordere Front schien nur aus Glas zu bestehen. Dahinter waren die einzelnen Zimmer zu erkennen, von denen man einen prachtvollen Blick hinunter auf das offene Meer haben musste.

„Das muss das Haus von diesem Mr Krok sein", fiel Poppi ein. Hinter der Fensterfront im Erdgeschoss

bewegte sich etwas. Poppi sah genauer hin. Sie schüttelte den Kopf, als könnte sie ihren Augen nicht trauen.

Was war das? Joe hatte doch behauptet, das Haus stünde leer. Poppi sah aber Gestalten. Es waren gleich mehrere und es handelte sich nicht um gewöhnliche Menschen.

Das jüngste Mitglied der Bande schluckte trocken. Am liebsten hätte sich Poppi unter dem Sitz verkrochen. Sie hatte große Angst entdeckt zu werden. „Nein, du wirst jetzt ganz genau hinsehen und den anderen dann alles berichten!“, sagte sie leise, aber streng zu sich selbst.

Die Schatten, die sich im Gartengeschoss bewegten, kamen näher an die Glasscheibe heran. Es bestand nun kein Zweifel mehr, Poppi hatte vorher schon richtig gesehen. Im Haus hielten sich mehrere Wesen in weiten silberfarbenen Anzügen auf, die von den Füßen bis zum Scheitel und den Fingerspitzen reichten. An der Stelle des Gesichts befand sich ein kleines Fenster, das golden verspiegelt war. Die Wesen bewegten sich langsam und erinnerten an Astronauten auf dem Mond. Die Sonne, die durch die Fenster fiel, ließ die Anzüge grell blitzen und leuchten. Poppi kam es fast so vor, als würden sie weiß glühen.

Wer war da im Haus von Mr Krok? Der Millionär persönlich? Feierte er vielleicht eine Art ausgeflippte Party?

Die silbernen Wesen verschwanden mit schwankenden Schritten wieder im hinteren Teil des Hauses. Poppi konnte sie nicht mehr sehen. Dafür wurde die Haustür aufgerissen. Sie krachte gegen eine der Metallstützen. Das ganze Haus schien zu erzittern und zu klirren.

„Ich habe nicht verlangt, dass Sie herkommen!", brüllte eine Stimme im Haus. Joe stolperte ins Freie und verneigte sich immer wieder. „Ich ... ich wollte doch nur helfen", erklärte er stotternd. „Das müssen Sie doch verstehen. Ich kann Ihnen nicht per Telefon sagen, wo sich die Stromzuleitungen fürs Haus befinden."

„Falls Sie noch einmal so überraschend auftauchen, werden Sie das Haus nicht mehr lebend verlassen!", drohte die Stimme.

„Aber ..." Joe wich erschrocken zurück.

Von drinnen kam heiseres Gelächter. „War nur ein Scherz. Sie können sich wieder beruhigen. Trotzdem wünsche ich keine Störungen. Falls ich Sie hier sehen will, so teile ich es Ihnen mit. Verstanden?"

„Jaja!" Joe verneigte sich abermals und hastete zum Jeep zurück. Poppi duckte sich wieder hinter seinem Sitz. Der Motor jaulte auf und Joe warf krachend den Gang ein. Mit durchdrehenden Rädern raste Joe los und hinterließ eine mächtige Staubwolke. Während der Fahrt zum Hotel schimpfte und fluchte er wieder.

„Wenigstens hat er mit den ‚Mistkerlen' nicht uns gemeint", dachte Poppi.

Vor dem Hotel machte Joe eine Notbremsung. Poppi wurde gegen den Vordersitz geschleudert und stöhnte leise auf. Ein heftiger Stich hatte sich durch ihre Schulter gebohrt.

Joe stieg aus und griff nach seinem Sitz, um ihn vorzuklappen. Poppi hielt vor Schreck die Luft an. Er würde sie gleich entdecken.

ANRUF IM WELTRAUMZENTRUM

„Joe! Joe! Komm schnell!“, hörte Poppi Axel rufen.

„Was ist denn los?“, fragte Joe barsch. Er ließ den Hebel am Sitz wieder los und machte ein paar Schritte vom Wagen weg.

„Poppi ist weg. Wir ... also ... wir hatten da ...“

„... eine kleine Meinungsverschiedenheit“, half ihm Dominik weiter. „Seither ist sie weg.“

„Weg? Seid ihr verrückt? Dann müssen wir die Polizei verständigen. Euch kann man auch keine Sekunde unbeaufsichtigt lassen!“, schimpfte Joe.

Gemeinsam mit Axel und Dominik verschwand er im Hotel. Poppi atmete auf und schlüpfte aus dem Jeep. Sie lief um das Haus herum in den kleinen Garten und betrat von dort das Hotel. Ihre Freunde standen an der Rezeption und diskutierten heftig mit Joe.

„Tag!“, sagte Poppi und lächelte breit.

Axel, Lilo und Dominik drehten sich mit einem Ruck zu ihr um.

„Poppi?“

„Wieso schaut ihr mich so an? Wen habt ihr erwartet? Einen Komodowaran? Oder Elvis Presley?“

„Wo hast du gesteckt?“, wollte Lilo wissen.

„Geschlafen, dort draußen im Schatten!“, schwindelte Poppi und schaffte es, nicht rot zu werden.

„Und deswegen die ganze Aufregung“, knurrte Joe und ging auf sein Zimmer. Von der Treppe rief er der Bande zu: „In einer halben Stunde brechen wir auf. Macht euch fertig!“

Axel schüttelte den Kopf. „Was hat er denn? Hat ihn seine Freundin verlassen?“

„Nein, es muss sich um etwas ganz anderes handeln“, sagte Poppi. Sie gab ihren Knickerbocker-Freunden ein Zeichen mitzukommen. Obwohl die Sonne noch sehr hoch stand, zogen sie sich auf das Dach zurück. Dort konnten sie bestimmt nicht belauscht werden. Poppi schilderte haarklein, was sie beobachtet hatte.

„Heiße Geschichte!“, stellte Axel fest, als sie fertig war.

Lilo knetete ihre Nasenspitze. Ein Zeichen, dass sie angestrengt nachdachte. Nach einer Weile sagte sie: „Leute, ich glaube, Joe versucht sich ein bisschen Geld dazuzuverdienen. Er vermietet heimlich das Haus von diesem Mr Krok und lässt die Miete in seiner eigenen Tasche verschwinden.“

„Aber an wen hat er vermietet? Was sind das für Gestalten in den Silberanzügen?“, wollte Poppi wissen.

Dominik hatte eine Erklärung. „Deiner Beschreibung nach könnte es sich um Schutzanzüge handeln, wie sie zum Beispiel von der Feuerwehr verwendet werden.“

„Und wovor sollen sie schützen?“ Axel hielt nicht viel von Dominiks Idee.

„Die silberfarbenen Anzüge werden zum Beispiel bei Bränden eingesetzt. Feuerwehrmänner können damit brennende Gebäude betreten. Soviel ich weiß, werden sie auch bei Giftalarm eingesetzt. Es gibt sogar Modelle, die bei atomaren Notfällen radioaktive Strahlung abschirmen.“

Poppi verzog das Gesicht. „Atomare Notfälle! Dominik, jetzt übertreibst du aber gewaltig. Im Haus von diesem Mr Krok ist kein atomarer Notfall. Es hat auch nicht gebrannt und nach einem Giftalarm hat es ebenfalls nicht ausgesehen.“

Dominik holte tief Luft. „Na gut, Poppi. Wozu dienen die silbernen Anzüge dann? Hast du vielleicht Außerirdische gesehen, die gerade gelandet sind?“

„Natürlich nicht, du Dumpfbacke!“, schmollte Poppi.

„Hört auf zu streiten“, mischte sich Lieselotte ein. „Überlegt lieber, was wir weiter unternehmen sollen?“

Die anderen drei zuckten mit den Schultern.

„Wir tun so, als wüssten wir von nichts!“, schlug Lilo nach kurzem Nachdenken vor. „Vielleicht können wir auf diese Weise mehr aus Joe rausbekommen.“

„Mich würde interessieren, was mit Kim Ninta geschehen ist“, fiel Poppi ein.

„Wir werden einfach noch einmal zu ihr hinfahren. Ihr Freund, dieser Leon, war doch bei der Polizei. Er weiß bestimmt mehr!“, sagte Lilo.

Die Knickerbocker-Bande verließ das Dach und stieg die steile Steintreppe nach unten.

„Null-Null-Eins“, murmelte Dominik vor sich hin.

„Wer soll das sein? Ein Geheimagent oder was?“, fragte Axel, der hinter ihm ging.

„Nein, so beginnt die Telefonnummer, die Dr. Ninta gestern gewählt hat. Sie stand auf der Anzeige ihres Telefons, als wir die Wiederwahltaste gedrückt haben“, erklärte Dominik.

„He, das hätte ich fast vergessen. Los, wir probieren aus, wer sich da meldet!“ Lieselotte steuerte auf das Zimmer der Mädchen zu und winkte den Jungen mitzukommen.

„Das kannst du dir sparen. Es ist sicher die Nummer dieses Leon!“, meinte Poppi.

„Trotzdem will ich sie ausprobieren!“ Lilo nahm den Apparat und begann zu tippen. Zuerst knackste es nur. Dann war ein Freizeichen am anderen Ende der Leitung. Es hörte sich aber ganz anders an als das Freizeichen, das die Bande kannte.

„Der Vorwahl nach handelt es sich um eine Nummer in den USA. Allerdings kann sie natürlich auch zu einem Apparat an einem ganz anderen Ort der Welt umgeleitet sein“, dozierte Dominik.

Eine junge Frauenstimme meldete sich auf Englisch. „Internationales Weltraumzentrum, guten Tag. Mein Name ist Betty Worden, was kann ich für Sie tun?“

„Äh ...“ Lilo überlegte fieberhaft, was sie sagen sollte.

„Hallo, bitte melden Sie sich, sonst muss ich die Leitung unterbrechen!“, sagte das Mädchen des Weltraumzentrums höflich und geduldig.

„Ja, ich suche Leon!“, platzte Lieselotte heraus.

„Leon? Ist das der Nachname?“

„Nein, der Vorname!“

„Sie meinen wohl Professor Leon Askeno. Tut mir Leid, er ist verreist und kommt erst nächste Woche wieder. Darf ich etwas ausrichten?“

„Nein, nein, danke!“ Lilo legte schnell auf. „Professor Leon Askeno“, wiederholte sie langsam. „Er hat eigentlich gar nicht wie ein Professor ausgesehen. Aber wenn er im Weltraumzentrum arbeitet, scheint er etwas mit Raumfahrt oder mit Astronomie zu tun zu haben.“

„Astronomie? Du meinst, er macht Horoskope und solchen Hokuspokus?“ Axel konnte es nicht glauben.

Dominik verdrehte die Augen über die Unwissenheit seines Freundes. „Astronomie ist die Lehre von den Himmelskörpern. Horoskope werden von einem Astrologen erstellt!“

„Weiß ich ohnehin, wollte nur testen, ob du es auch weißt!“, gab Axel lässig zurück.

„Was kann sich für einen Astronomen hier so Sensationelles ereignet haben, das eine Auswirkung auf die Komodowarane hat?“, überlegte Lilo laut.

„Fragen wir das Professorchen doch einfach!“, meinte Axel.

Joe hatte schlechte Laune. Finster starrte er vor sich hin. Den Wunsch der Bande, noch einmal zu Dr. Ninta zu fahren, kommentierte er mit einem: „Wenn ihr meint. Mir soll's recht sein.“

Nachdem er die vier vor dem Holzhaus abgesetzt hatte, entschuldigte er sich für eine Viertelstunde. „Muss schnell was besorgen. Ich hole euch dann wieder ab.“

Die Bande war einverstanden.

„He, das Boot ist nicht da!“, stellte Poppi fest.

„Wahrscheinlich ist Professor Askeno zur Insel gefahren um dort nach Kim zu suchen“, vermutete Lilo. Trotzdem klopfte sie an die Holztür. Wie erwartet, kam keine Reaktion. Lilo drückte die Klinke nieder und die Tür sprang mit einem leisen Knall ein paar Zentimeter nach innen. „Sollen wir einen Blick hineinwerfen?“, fragte das Superhirn die anderen.

„Nein!“, lautete Poppis Meinung.

„Ja!“, antworteten die Jungen wie aus einem Mund.

„Drei zu eins, Poppi, du bist überstimmt!“

„Ich warte trotzdem draußen“, sagte Poppi.

„Okay!“ Ihre Freunde waren einverstanden. Sie drückten die Tür weiter auf und schlüpften in das Haus. Poppi hörte das Knarren ihrer Schritte auf dem Holzboden.

Weil sie nicht einfach nur dastehen wollte, beschloss sie einen Blick hinter das Haus zu werfen. Vielleicht gab es dort noch andere blühende Pflanzen. Dr. Ninta schien ihren Garten mit viel Liebe zu pflegen.

Sie bog gerade um die Ecke, als sie vom Meer her das Brummen eines Motorbootes hörte, das sich schnell näherte.

„Das wird der Professor sein!“, dachte sie und wollte ihm entgegengehen. Aber dann blieb sie überrascht stehen und presste sich gegen die Holzwand. Vorsichtig spähte sie an der Kante vorbei Richtung Steg.

Es kamen zwei Boote. Poppi wusste selbst nicht warum, aber in ihrem Kopf schrillten Alarmglocken. Als die Boote näher kamen, erkannte sie eines als das Motorboot von Dr. Ninta. Das zweite war ein großes Schlauchboot mit kräftigem Außenborder. Er ließ den Bug des Schiffes bei voller Fahrt hoch aus dem Wasser steigen.

Am Steuer von Kim Nintas Boot stand ein dünner Mann mit Schirmkappe, großer Sonnenbrille und

Militaryjacke. Professor Askeno war es eindeutig nicht.

Das Boot wurde zum Steg gelenkt und der Mann sprang an Land. Er schlang das Tau um einen Pfosten und gab dann dem anderen im Schlauchboot ein Zeichen näher zu kommen. Mit verringerter Geschwindigkeit tuckerte das Boot heran. Der Motor wurde ganz abgestellt. Der Mann am Außenborder erhob sich und streckte den Arm aus, um das Boot an den Steg heranzuziehen.

Als der Mann in der Militaryjacke einsteigen wollte, gab es einen Zwischenfall, der Poppi den Atem raubte.

DIE ENTFÜHRUNG

Aus dem Schlauchboot schnellte eine bullige Gestalt in die Höhe. Ein breites Klebeband spannte sich über das Gesicht. Die Arme schienen auf den Rücken gefesselt zu sein.

„Professor Askeno!", entfuhr es Poppi. Sie hatte den Namen so laut gerufen, dass die Männer sich zu ihr umdrehten. Schnell zog sie sich hinter die Hausecke zurück. Ihr Herz raste. Das Blut pochte wie Trommelschläge in ihren Ohren.

Die Männer riefen einander etwas zu. Schwere Schritte polterten über den Holzsteg.

Poppi rang nach Luft und begann dann aus vollem Hals zu brüllen. Noch nie zuvor hatte sie so laut geschrien. „Hilfe! Lilo! Axel! Dominik! Hilfe!"

Der Mann in der Militaryjacke blieb stehen und drehte sich zum anderen um. Ein Fenster im ersten Stock wurde aufgerissen und Lilo beugte sich heraus. „Was ist denn? Was hast du?"

Vom Schlauchboot kam ein kurzer Befehl. Der Mann am Steg machte kehrt und rannte zurück. Er sprang in das Boot, in dem der andere bereits den Motor anwarf. Das Wasser spritzte nach allen Seiten, als er das Boot mit Schwung wendete und davonraste.

„Im Boot ist Professor Askeno!", keuchte Poppi.

„Was?“ Lieselotte verstand kein Wort und kam deshalb herunter. Poppi brauchte einige Minuten, um sich zu beruhigen. Erst dann konnte sie ihren Knickerbocker-Freunden von der Beobachtung berichten.

„Das würde bedeuten, der Professor wurde entführt. Seine Entführer haben das Boot von Dr. Ninta zurückgebracht, damit niemand weiß, wohin er verschwunden ist“, kombinierte Dominik.

Axel war blass geworden. „Leute, Poppi hat die Entführer gesehen. Lieselotte auch. Wir wissen zu viel. Vielleicht kommen die Männer zurück.“

Die Mädchen sahen ihn entsetzt an. „Du hast Recht. Wir sind Augenzeugen.“

„Ich wette, Leon Askeno war auf der Komodowaran-Insel. Dort hält sich jemand auf. Damit Professor Askeno die Männer nicht verraten kann, haben sie ihn entführt. Wahrscheinlich haben sie das Gleiche mit Kim Ninta gemacht“, sagte Lilo.

Poppi zitterte trotz der brütenden Hitze. „Was ... was tun wir jetzt? Wir müssen schnellstens fort von Komodo.“

„Unser Flug geht erst in drei Tagen“, erinnerte Dominik sie.

„Dann ... dann müssen wir uns verstecken!“

Lieselotte und Axel nickten. Aber sie kannten sich auf der Insel nicht aus. Wo sollten sie ein gutes Versteck finden?

Hinter ihnen hupte es. Erschrocken drehten sie sich um. Es war aber nur Joe, der mit dem Jeep die Schotterstraße auf sie zugerollt kam. Er beugte sich aus dem Fenster und rief: „Was rausbekommen für euren Artikel?“

„Dr. Ninta und ihr Freund ... sie sind entführt worden!“, platzte Poppi heraus.

Joe riss überrascht die Augen auf. „Was sagt ihr da?“

„Ja, auf der Insel, wo Kim die Komodowarane beobachtet, ist irgendetwas im Gange. Deshalb sind die Komis auch auf die andere Seite geflüchtet!“, berichtete Dominik von den Überlegungen der Bande.

Lieselotte war das gar nicht recht. Irgendwie traute sie Joe nicht.

„Kinder, ihr seht zu viele Krimis!“, lachte er los. „Kommt, steigt ein. Kim und ihr Freund machen sich wohl ein gemütliches Wochenende. Ich denke, da sollten wir uns raushalten.“

Poppi schüttelte energisch den Kopf. „Nein, sie wurden entführt. So glaub uns doch.“

„Ihr wollt euch nur für meine Streiche rächen“, meinte Joe und machte eine wegwerfende Handbewegung. „Ich falle aber nicht auf euch herein. Da müsst ihr euch schon etwas Besseres ausdenken.“

Ratlos sahen sich die Knickerbocker an. Was sollten sie da noch sagen?

„Bitte ... du musst uns irgendwo in Sicherheit bringen. Die Männer werden uns suchen!", drängte Poppi, die nicht aufgeben wollte.

„Ja, zum Beispiel im Haus von Mr Krok!", schlug Lilo vor und wartete gespannt auf Joes Reaktion. Der Schreck war ihm anzusehen. Er winkte ab und wechselte schnell das Thema. „Ich habe noch einen anderen Experten für Komodowarane aufgetrieben, mit dem ihr reden könnt. Ich bringe euch zu ihm."

Der Experte war ein uralter Mann namens Timon Gall. Er saß auf der überdachten Veranda seines Hauses, das mindestens so alt war wie er selbst, und wippte in einem Schaukelstuhl hin und her. Die Knickerbocker reichten ihm einer nach dem anderen die Hand und stellten sich höflich vor.

Als Joe an die Tür geklopft hatte, war eine weißhaarige Frau mit rosa Backen gekommen und hatte geöffnet. Sie stellte sich als Mrs Gall vor und war quirlig und geschäftig wie ein Eichhörnchen. Ihr Mann war das genaue Gegenteil. Er lächelte zufrieden vor sich hin, musterte die Bande interessiert und wippte weiter vor und zurück.

Ein bisschen verlegen traten die vier von einem Bein auf das andere. Lilo berichtete kurz, wieso sie auf der Insel waren. „Dürfen wir Ihnen einige Fragen stellen?"

Der Mann, der noch immer kein Wort gesprochen hatte, nickte.

„Wir brauchen besonders interessante Informationen über Komodowarane. Wir wollen einen Zeitungsartikel darüber schreiben. Sie kennen sich doch gut mit diesen Riesenechsen aus. Können Sie uns ein bisschen was erzählen?“

Mr Gall lächelte weiter vor sich hin. Mit seinen wässrigen grauen Augen blickte er zum Himmel und sagte mit hoher Fistelstimme: „In der Nacht ist Feuer vom Himmel gefallen.“

„Was?“ Die Knickerbocker-Bande verstand nicht, was er meinte.

„In der Nacht kam der Feuerball. Wie es die Prophezeiung angekündigt hat. Ein Feuerball wird kommen und euch den Platz anzeigen, wo ihr graben müsst. Doch hütet euch vor den Drachen. Sie werden den Schatz niemals hergeben.“

„Der Schatz? Der Schatz der letzten Drachen?“, fragte Lieselotte nach.

Der alte Mann verzog das Gesicht zu einem listigen Grinsen und nickte langsam. „Macht euch auf die Suche. Die Chancen stehen günstig, den Schatz zu finden. Doch wird es euch nichts nützen, wenn ihr ihn hebt. Ihr werdet Opfer der Drachen werden, wie schon hunderte vor euch.“

„Nette Aussichten“, knurrte Axel.

„Aber die Komodowarane ... können Sie uns nicht noch etwas erzählen?“ Lilo sah den alten Mann bittend an. Seine Frau beugte sich ganz nahe an ihr Ohr und flüsterte: „Timon hat selbst einmal nach dem Schatz gesucht. Fischer haben ihn im Meer gefunden. Er klammerte sich an ein Brett und die Haie haben ihn bereits umkreist. Seit damals sitzt er tagaus, tagein hier auf der Veranda und schaut auf das Meer hinaus. So viel wie heute hat er schon lange nicht mehr gesprochen. Ich bin euch so dankbar, dass ihr gekommen seid. Er bekommt sonst nie Besuch."

„Wir dachten eigentlich, er wäre Experte für Komodowarane", flüsterte Lilo zurück.

„Das war er auch, doch das ist lange her. Auf der Insel, wo er nach dem Schatz gesucht hat, muss es zu einem fürchterlichen Kampf gekommen sein. Timon hat wie durch ein Wunder überlebt und ist, wie gesagt, schwer verletzt entkommen. Seither ist er gelähmt. Und den Schock hat er nie überwunden. Aber ich habe mich daran gewöhnt und für mich bleibt er für immer der beste Mann, den ich mir nur wünschen konnte."

Lieselotte lächelte die Frau an. Die Bande verabschiedete sich von den beiden Galls und verließ das Haus.

„Und, was hat er euch alles erzählt?", fragte Joe, als sie in den Wagen kletterten.

„Er hat einen Feuerball vom Himmel fallen sehen, der den Weg zum Schatz zeigt!", wiederholte Lieselotte.

„Man müsste sich auf die Suche machen und

Glück haben. Dann wäre man alle Sorgen für immer los!", sagte Joe verträumt.

„Und wenn du einem hungrigen Komodowaran begegnest, hat dein letztes Stündchen geschlagen. Wie wahr, dann bist du alle Sorgen los!", spottete Axel.

Dominik lehnte sich zurück und dachte nach. „Feuerball? Was meint er damit? Hat er wirklich etwas gesehen oder ist das eher ein Wunschtraum?", fragte er die anderen.

„Mit Feuerball kann höchstens eine Sternschnuppe gemeint sein", lautete Lilos Erklärung. „Aber ich fürchte, Mr Gall kann nicht mehr ganz zwischen seinen Träumen und der Wirklichkeit unterscheiden."

Dominik schnalzte mit der Zunge. „Vielleicht doch!"

Der Rest der Bande sah ihn überrascht an. Dominik warf einen Blick auf Joe. Er wollte nicht vor ihm reden.

„Was ist dir eingefallen?“, bedrängten Lilo, Poppi und Axel ihren Freund, nachdem sie ins Hotel zurückgekehrt waren.

„Leon ist Professor und arbeitet an einem internationalen Weltraumzentrum. Mr Gall behauptet, einen Feuerball vom Himmel fallen gesehen zu haben. Angeblich erfüllt sich damit eine Prophezeiung. Der Feuerball wird den Weg zum versteckten Schatz zeigen.“

„Ja und?“ Axel verstand noch immer nicht, worauf Dominik hinauswollte.

„Vielleicht ist vor 500 Jahren gar kein Europäer mit Schätzen gekommen. Vielleicht waren es Außerirdische.“

Lilo tippte sich an die Stirn. „Klar, und in Wirklichkeit bist du auch von einem Stern gefallen“, spottete sie.

„Vom Planet der Klugscheißer!“, meinte Axel bissig.

Dominik verschränkte wütend die Arme vor der Brust. „Ich habe es langsam satt, immer als Dummschwätzer hingestellt zu werden. Ihr tut alle so, als hättet ihr die Weisheit mit dem Schöpflöffel gegessen.“

„Na gut, bitte erzähl weiter!“, forderte Lilo ihn auf, verdrehte aber gleichzeitig die Augen.

„Es gibt Forscher, die immer wieder Beweise an den Wänden von Steinzeithöhlen, in ägyptischen Gräbern oder in den Pyramiden der Mayas finden, die auf gelandete Raumschiffe hindeuten könnten. Warum sollte es das nicht geben? Vielleicht ist an der Geschichte, die uns Muna erzählt hat, etwas Wahres dran. Möglicherweise ist der Feuerball, den Mr Gall beobachtet hat, keine Sternschnuppe, sondern wieder ein Raumschiff.“

Poppi fiel ein, dass Kim am Telefon von „einer Sensation“ gesprochen hatte. „Sie hat sich Sorgen um die Komodowarane gemacht“, erinnerte sie die anderen. „Ich weiß nicht, welche Folgen der Vorfall auf die Komis hat, hat sie gesagt.“

Dominik nickte triumphierend. „Da hört ihr es. Dieser Leon und Kim Ninta wissen mehr und deshalb mussten sie auch verschwinden. Möglicherweise arbeitet auf der Insel bereits ein geheimes Kommando des Militärs, das das Raumschiff sicherstellen will. Die Ausrüstungsgegenstände wurden bereits hertransportiert und abgeworfen.“

Lilo schüttelte den Kopf und ihre Zöpfe flogen dabei. „Ich kann mir das einfach nicht vorstellen. Es klingt völlig verrückt.“

„Leute, wir haben beobachtet, was mit Leon Askeno geschehen ist“, erinnerte Poppi die anderen.

„Wir ... wir wollten uns doch irgendwo verstecken."

Lilo blickte sie nachdenklich an. „Gibt es eine Möglichkeit, wie sie uns auf die Spur kommen können?"

Axel und Dominik konnten es sich nicht vorstellen. Die Männer hatten nur Poppi und Lilo gesehen, aber so kurz, dass sie sich bestimmt nicht ihre Gesichter gemerkt hatten. Komodo war eine große Insel. Die Mädchen zu finden, war wie die berühmte Suche nach der Stecknadel im Heuhaufen.

„Im Hotel wohnt außer uns niemand", überlegte Lilo laut. „Wir schleichen uns in der Nacht ganz einfach in andere Zimmer und schlafen dort. Falls wirklich jemand kommen sollte, wird er in unseren richtigen Zimmern eine lautstarke Überraschung erleben. Wir bauen Fallen aus allem, was Lärm macht. Holt leere Dosen, Kleiderbügel, Holz, Koffer und Stricke."

Axel drehte den Schirm seiner Kappe nach hinten. „Eines muss man dir leider lassen: Du hast keine schlechten Ideen."

Die vier Mitglieder der Knickerbocker-Bande waren unruhig. Zugeben wollte das aber keiner. Wie groß war die Möglichkeit, dass die geheimnisvollen Männer nach ihnen suchten? War die Bande wirklich unauffindbar und in Sicherheit? Warum glaubte ihnen Joe nichts? Konnten sie ohne ihn zur Polizei gehen? Würde man ihnen glauben? Wahrscheinlich nicht.

Sie wollten unbedingt mit jemandem reden, aber mit wem?

Nach dem Abendessen verabschiedete sich Joe für ein paar Stunden. „Ich habe ein paar dringende Dinge zu erledigen. Ist euer Bedarf an Komodowaranen gedeckt oder muss ich mich um weitere Augenzeugen kümmern?"

„Wir brauchen unbedingt gute Fotos", fiel Dominik ein. „Gibt es keine Möglichkeit, noch einmal auf eine Insel zu fahren, auf der Komis leben?"

Joe verzog ratlos das Gesicht. „Da Dr. Ninta nicht erreichbar ist, sehe ich keine Chance. Aber ich werde mir dazu etwas überlegen."

Nachdem er gegangen war, sagte Poppi: „Wann schreiben wir eigentlich den Artikel für die Zeitung?"

„Gute Frage!", brummte Axel.

„Keine Lust!", gähnte Dominik. „Schlimmstenfalls haben wir auf dem Rückflug noch genug Zeit. Schließlich sind wir fast 24 Stunden in der Luft."

Das Mädchen, das nicht nur kochte und putzte, sondern auch immer mit strahlendem Lächeln an der Hotelrezeption stand, kam zu ihnen auf die Dachterrasse.

„Vielen Dank, das Essen war wieder ausgezeichnet", lobte Axel die Mischung aus Reis und Huhn mit Curry. Die anderen stimmten zu.

„Danke sehr. Aber ich komme, weil euch jemand sucht!", erklärte das Mädchen.

Die vier Knickerbocker sausten in die Höhe. „Wer?“, fragten sie wie aus einem Mund.

Das Mädchen schüttelte verwundert den Kopf. „Habt ihr etwas ausgefressen? Werdet ihr gesucht?“

„Äh ... nein ... aber ... wieso sucht uns jemand? Wer ist es?“, fragte Lilo vorsichtig.

„Ein Mann. Ein Mann in schwarzen Jeans und weißem Hemd. Er hat nach den vier Kindern gefragt, die hier in unserem Hotel wohnen.“

Die Knickerbocker sahen einander fragend an. Sollte sich ihr schlimmster Verdacht bestätigen? War das einer der Männer, die Leon und Kim entführt hatten?

„Was haben Sie dem Mann denn gesagt?“, wollte Lieselotte wissen.

„Ich habe ihm gesagt, dass ihr gerade beim Essen seid und ich nachsehen werde, ob ihr damit schon fertig seid.“

Lilo hatte eine Idee. „Ich gehe mit Ihnen hinunter und sehe mir an, wer das sein kann. Könnten Sie bitte bei mir bleiben?“, fragte sie das Mädchen.

„Wieso? Das klingt, als wäre der Mann gefährlich. So sieht er eigentlich nicht aus.“

„Trotzdem, bitte“, wiederholte Lilo.

„Gut!“ Das Mädchen machte ein ratloses Gesicht, war aber einverstanden.

„Ich komme euch nach, lasse mich aber nicht blicken!“, raunte Axel Lilo zu. Poppi und Dominik sollten über die Feuerleiter an der Außenwand hinunterklettern und auf der Straße nachsehen, ob der Mann Komplizen mitgebracht hatte.

Sehr wohl war Lieselotte nicht, als sie hinter dem Mädchen die Treppe hinunterging. „Ich heiße übrigens Luna und ihr könnt gerne du zu mir sagen“, bot das Mädchen lächelnd an.

„Luna? Das ist doch das italienische Wort für Mond, oder?“

Luna nickte. „Meine Eltern stammen aus Italien.“

Sie hatten den letzten Treppenabsatz erreicht und Lilo konnte einen Blick in die Halle werfen. Mit dem Rücken zu ihr stand ein schlanker Mann mit breiten Schultern. Er hatte die Arme auf dem Rücken verschränkt. Sie waren braun gebrannt und sehr muskulös.

Mit einem leisen Räuspern machte Luna auf sich aufmerksam. Der Mann drehte sich um und musterte Lieselotte interessiert. Sein Gesicht war kantig, die Haut mit Narben übersät.

„Tag!“, sagte Lilo schwach.

Der Mann verzog den Mund zu einem strahlenden Lächeln. „Guten Abend wohl besser.“ Er streckte ihr seine große Hand entgegen.

Das Superhirn der Bande wandte einen Trick an. Es schwieg und starrte dem Unbekannten dabei frech ins Gesicht. Damit konnte man Leute am schnellsten und einfachsten aus der Ruhe bringen.

„Hast du noch Freunde?“, wollte der Mann wissen.

„Zuerst würde ich gerne erfahren, wer Sie sind“, erklärte Lilo und klang dabei sehr ruhig (obwohl sie es ganz und gar nicht war.)

„Wie dumm von mir!“, lachte der Mann. „Mein Name ist George Cluny. Ich bin ein guter Freund von Kim Ninta und Leon Askeno.“

„So, sind Sie das?“ Lieselotte ließ keinen Zweifel daran, dass sie dem Mann nicht traute.

„Wieso bezweifelst du das?“, wollte er wissen.

„Ich habe Sie noch nie gesehen.“

„Ich dich auch nicht. Aber du und deine Freunde, ihr spielt eine nicht unwesentliche Rolle bei dem Verschwinden von Kim und Leon.“

Fragend runzelte Lilo die Stirn.

„Das Treffen mit euch ist der letzte Termin in Kims Kalender, den sie abgehakt hat. Leon hat ebenfalls berichtet, euch begegnet zu sein, bevor er verschwunden ist. Deshalb möchte ich wissen, für wen ihr arbeitet. Raus mit der Sprache!“ Der Mann machte einen Schritt auf Lilo zu und packte sie hart am Arm. Als Luna zu Hilfe kommen wollte, herrschte er sie an: „Und Sie halten sich raus, verstanden!“

„Das ... das ist ein Missverständnis, lassen Sie mich los!" Lilo versuchte sich aus dem harten Griff zu befreien. Der Mann starrte sie finster an.

Lässig kam Axel die Treppe herunter. Lilo warf ihm einen Hilfe suchenden Blick zu, aber er schien überhaupt nicht zu bemerken, was hier los war. Unbeirrt ging er zur kleinen Rezeption, beugte sich über den Tresen und holte den Telefonapparat herauf. Er hob ab und fragte die geschockte Luna: „Wie lautet die Nummer der Polizei?"

Augenblicklich ließ der Mann Lieselotte los. „Lass das, nicht!", sagte er energisch. „Tut mir Leid, ich ... ich bin wohl über das Ziel hinausgeschossen. Es ist nur so ... Kim und Leon sind meine Freunde ... ich weiß nicht, was mit ihnen geschehen ist. Und in Kims Kalender steht dieser Termin mit vier Kindern aus Europa. Und heute Morgen hat mich Leon angerufen und ebenfalls von vier Kindern berichtet."

Axel legte den Hörer wieder auf und stellte sich neben Lilo.

„Wo ... wo sind die anderen?", wollte der Mann wissen.

„Wir ... kommen Sie nach hinten in den Garten. Dort können wir reden", schlug Lieselotte vor.

„Werde ich noch gebraucht?“, erkundigte sich Luna.

Lilo schüttelte kurz den Kopf.

„Gut, ich muss nämlich dringend in den Keller und die Wäsche machen.“

Axel lief auf die Straße und holte Poppi und Dominik herein. Die beiden standen bei einem schäbigen Geländewagen, auf den ein bunter Schriftzug gepinselt war. Es schien sich um einen Leihwagen zu handeln.

Im Garten setzte sich die Knickerbocker-Bande mit dem Mann an einen Tisch. Er holte sofort ein Päckchen Zigaretten aus der Tasche und steckte sich eine an. Suchend sah er sich um. „Gibt es hier keine Urne?“

„Urne?“ Die Knickerbocker verstanden nicht, was er meinte.

„Na ja, einen Aschenbecher!“, erklärte der Mann.

Dominik erinnerte sich, einen in der Halle gesehen zu haben. Er sprang auf und holte ihn.

„Ihr ... ihr habt also nichts mit dem Verschwinden zu tun“, begann der Mann.

„Nein, wirklich nicht!“, sagten die vier entschieden.

„Wieso wart ihr dann bei Sue und auch bei Leon? Kann ich das wissen? Ich ... ich will die beiden so schnell wie möglich wieder finden. Die Polizei unternimmt nämlich nichts!“

Poppi blickte den Mann nachdenklich an. Seine Stimme kam ihr irgendwie bekannt vor. Warum bloß?

Gemeinsam berichteten die vier Freunde, was sie alles wussten. George Cluny hörte ihnen aufmerksam zu und leerte dabei seine Hosentaschen und die Tasche auf seiner Hemdbrust. Papierkugeln, alte Kaugummis und anderes unappetitliches Zeug rieselte in den Aschenbecher.

Poppi erzählte gerade von den beiden Männern mit den Booten, als Mr Cluny stutzte. Er runzelte die Stirn und deutete auf den Aschenbecher. „Seht euch das einmal an!"

Neugierig beugten sich die Knickerbocker-Freunde vor. Als ihre Gesichter ganz nahe beim Aschenbecher waren, drückte George Cluny die Glut seiner Zigarette in den Mist, den er in den Aschenbecher geworfen hatte. Gleich darauf gab es ein scharfes, hohes Zischen und eine grünliche Rauchwolke stieg auf. Axel, Lilo, Poppi und Dominik bemerkten zu spät, wie der Mann rasch zurückwich und sich wegdrehte. Ein süßlicher Geruch stieg ihnen in die Nase und von dort sofort in den Kopf. Er schien sich in ihren Gehirnwindungen auszubreiten und ihre Gedanken zu vernebeln. Sekunden später waren alle vier betäubt.

Der Mann, der in Wirklichkeit natürlich nicht George Cluny hieß und auch kein Freund von Kim

Ninta und Leon Askeno war, grinste schief und triumphierend. Er selbst war gegen das Betäubungsgas immun, weil er ein Gegenmittel im Körper trug. Er warf sich zuerst Axel, dann Poppi über die Schultern und trug sie nach draußen in den Mietwagen. Danach holte er Dominik und Lieselotte. Bevor er endgültig verschwand, ließ er den Aschenbecher in einer kleinen Plastiktüte verschwinden. Das Betäubungsmittel war bisher noch unbekannt und sollte niemandem in die Hände fallen.

Mittlerweile wurde es Nacht auf Komodo. Der Mann schaltete die Scheinwerfer am Auto ein und fuhr über die holprige Schotterstraße zum Haus von Dr. Ninta. Er lenkte den Wagen so nahe wie möglich an den Landesteg, wo bereits das Schlauchboot auf ihn wartete. Bevor er den Motor abstellte, betätigte der Mann die Lichthupe: dreimal kurz, zweimal lang. Vom Boot kam sofort ebenfalls ein Blinkzeichen: einmal lang, zweimal kurz. Der Mann stieg aus und ging auf den Steg hinaus. Zwei junge Männer sprangen aus dem Boot und salutierten. Sie trugen graue Overalls und geschnürte Lederstiefel.

„Sie sind im Wagen, schafft sie an Bord und zur Insel. Der General bestimmt, was mit ihnen geschieht!“, kommandierte der Mann.

„Sehr wohl, Herr Leutnant!“, riefen die beiden und gingen mit zackigen Schritten zu dem Wagen. Sie holten die Knickerbocker einzeln heraus und legten sie am Steg ab. Die Körper der vier Freunde waren schlaff und völlig kraftlos. Sie zuckten manchmal zusammen, da die Knickerbocker offensichtlich sehr schlimme Albträume hatten.

Der Mann, den sie als Leutnant angesprochen hatten, kehrte zum Wagen zurück und schloss die Ladeklappe. Er verabschiedete sich mit einem kurzen Nicken und fuhr davon. Als sich die Autoscheinwerfer entfernten, wurde es stockdunkel am Steg. Der Schein der Lampe an Bord des Schlauchbootes war schwach und reichte nicht weit.

Die Burschen schleppten die Knickerbocker zu der Stelle, wo sie angelegt hatten, und hoben sie an Bord. Einer ließ den Motor an, während der zweite einen kleinen Handscheinwerfer auspackte und sich damit in den Bug setzte. Seine Aufgabe war es, auf das Wasser zu leuchten. Treibholz und Bojen konnten für das Schlauchboot gefährlich sein und die Gummiwand aufschlitzen. Deshalb hatte der Mann mit dem Scheinwerfer die verantwortungsvolle Aufgabe, auf alles zu achten und Hindernisse sofort zu melden.

Brummend verschwand das Schlauchboot in der Dunkelheit. Die jungen Männer hatten während der ganzen Zeit kein Wort gesprochen. Sie waren auch nicht auf die Idee gekommen zu überprüfen, ob sie überhaupt alle vier Knickerbocker im Boot hatten. Deshalb war ihnen entgangen, dass Axel noch immer auf dem Steg lag.

Etwas Heißes legte sich tonnenschwer auf Axels Rücken. Er versuchte sich aufzurichten, schaffte es aber nicht. Das heiße Gewicht drückte ihn nieder. Es brannte auf seiner Haut wie glühende Kohlen. Axel rollte sich stöhnend zur Seite, spürte entsetzt, wie der Boden unter ihm verschwand und stürzte über eine Kante in die Tiefe. Kühles Wasser schlug über ihm zusammen und drang in seine Nase und seinen Mund.

Nach einer Schrecksekunde schlug er mit den Armen um sich, strampelte und versuchte sich wieder nach oben an die Luft zu kämpfen.

Aber wo war oben? Er konnte sich nicht orientieren. Rund um ihn schien es nur Salzwasser zu geben, das in seinem Hals wie Feuer brannte.

„Ruhig bleiben, einen Augenblick lang ruhig bleiben", schoss es Axel durch den Kopf. Vielleicht bewegte sich sein Körper dann von allein nach oben. Er wartete Sekunden, die ihm wie Stunden vorkamen. Luft, er brauchte dringend Luft. Er konnte nicht mehr warten. Gleich würde er einatmen müssen und Salzwasser in die Lunge pumpen, dann aber war es zu spät. Erst jetzt bemerkte der Knickerbocker, dass er die Augen geschlossen hatte. Er zwang sich, sie zu öffnen.

Licht! Rechts über sich war Licht. Dort musste er hin. Zwei Schwimmbewegungen und er hatte es geschafft. Sein Kopf durchstieß die Wasseroberfläche. Keuchend rang er nach Luft, hustete und spuckte. Irgendwie schaffte er es zum Ufer zu kraulen und sich an Land zu ziehen. Noch immer heftig schnaufend kauerte er da und versuchte einen klaren Gedanken zu fassen.

Das Heiße auf seinem Rücken war die Sonne gewesen. Sie stand hoch über ihm am Himmel und glühte unerbittlich herab. Die Haut unter seinem T-Shirt brannte. Ein schlimmer Sonnenbrand. Aber der war jetzt Axels geringstes Problem.

Er sah sich um, erkannte den langen Steg und das pyramidenförmige Haus von Dr. Ninta.

Wie war er hierher gekommen?

Stück für Stück kamen die Erinnerungen an die Ereignisse des Abends zurück.

Die grässliche grüne Rauchwolke schien noch immer in seinem Kopf zu hängen und ihn müde und schlapp zu machen.

Aber wo waren die anderen? Wo waren Lilo, Poppi und Dominik? Er öffnete den Mund und rief ihre Namen. Seine Stimme verhallte ungehört. Keine Antwort. Keine Reaktion.

Axel schleppte sich in den Schatten eines Baumes. Was sollte er nur tun?

Fast zur gleichen Zeit erwachten auch die anderen drei Knickerbocker. Um sie herum war es brütend heiß. Die Luft roch muffig und nach verfaulten Pflanzen. Das Licht fiel in dünnen Streifen auf sie. Als Lilo die Augen öffnete, sah sie glitzernden Staub vor sich in der Luft tanzen.

„Lieselotte?“, kam Dominiks Stimme von der Seite. „Lebst du?“

„Ja, aber mir tut alles so schrecklich weh“, stöhnte Lilo. In ihrem Kopf brummte es, als hätte jemand mit dem Hammer darauf geschlagen. „Was ist mit Poppi und Axel?“, wollte sie wissen.

„Ich bin da“, meldete sich Poppi piepsig.

„Axel ist nicht da!“, sagte Dominik mit Grabesstimme.

„Was?“ Lilo richtete sich auf, bereute es aber sofort. Das Pochen hinter ihrer Stirn warf sie fast wieder um.

„Wir ... wir sind eingeschlossen ... in einer Kiste!“, erklärte Dominik, der am längsten wieder bei Bewusstsein war.

„Aber ... wo sind wir? Wieso sind wir hier eingesperrt?“, murmelte Lieselotte.

Die Junior-Detektive erinnerten sich nun auch an den Mann, der im Hotel aufgetaucht war. Sie waren ihm auf den Leim gegangen und auf ihn hereingefallen. Doch wo hatte er sie hingebracht? Lieselotte richtete sich auf und sah sich um.

Sie saßen in einer riesigen Kiste. Die Grundfläche hatte die Größe eines Badezimmers, doch die Kiste war nicht hoch genug, um darin zu stehen.

Durch eine breite Ritze zwischen den Brettern spähte Lilo nach draußen.

„Was siehst du?“, wollte Dominik wissen.

„Zelte ... Militärzelte ... und ... Leute in Tarnanzügen ... Männer ...“, berichtete Lieselotte leise.

„Soldaten?“, wunderte sich Dominik.

Lilo zuckte mit den Schultern. „Ich würde eher sagen, Kämpfer. Oder eine Sondereinheit. Sie haben keine Waffen, soweit ich erkennen kann.“

„Wieso haben sie uns in diese Kiste gesperrt?“, wimmerte Poppi. Die Hitze war kaum zu ertragen und sie hatte ständig das Gefühl, zu wenig Luft zu bekommen. Sie musste hier heraus.

Beine in straffen Khakihosen und Stiefeln tauchten vor der Kiste auf. Lilo hätte gerne gesehen, wem sie gehörten, aber die Ritze zwischen den Brettern war zu kurz.

Neben den Beinen tauchte noch jemand auf. Dessen Hosenbeine waren ausgebeult und schmutzig. Die Absätze der Schuhe wurden zusammengeschlagen und von oben kam eine junge Stimme: „Herr General, melde mich zur Stelle.“

Die Beine in den straffen Hosen schienen dem General zu gehören. „Jonson, wieso wurden diese Kinder hergebracht?“

„Befehl von Leutnant Trasher. Sie sollen bestimmen, was mit ihnen geschieht“, erwiderte der andere zackig. Die Männer redeten Englisch miteinander, doch Lilo verstand das meiste. Ausnahmsweise war sie einmal froh, in der Schule aufgepasst zu haben.

„Ich soll entscheiden? Wie stellt er sich das vor? Was haben wir mit den anderen beiden Mitwissern gemacht?“

Der Soldat zögerte mit der Antwort. „Wir haben ... also ...“

„Wieso stottern Sie so herum? Sagen Sie schon!“

Ein Dritter kam dazu, grüßte ebenfalls zackig und erstattete eine Meldung: „Die Operation Schatzsuche kann beginnen.“

Der General schien sehr zufrieden. „Endlich. Geben Sie den Befehl zu starten. Ich komme sofort. Vorher muss ich noch etwas erledigen.“

Die drei Knickerbocker hielten die Luft an. Jetzt würde über ihr weiteres Schicksal entschieden werden.

Axel überlegte angestrengt, was er unternehmen sollte. Am meisten beschäftigten ihn die Fragen, wieso er auf dem Steg vor dem Haus von Dr. Ninta aufgewacht war und was mit seinen Freunden geschehen war.

„Zum Hotel zurück“, war die einzige Idee, die ihm kam. Er kämpfte sich in die Höhe und schüttelte sich wie ein Hund. In der Sonne würden seine Klamotten schnell trocknen.

Vor dem Eingang des Hauses blieb er stehen. Dr. Ninta hatte doch ein Telefon. Er konnte genauso gut im Hotel anrufen und Joe mitteilen, wo er sich befand. Axel fand den Gedanken wirklich gut, doch die Idee hatte einen Haken: Er kannte die Telefonnummer des Hotels nicht.

„Vielleicht finde ich ein Telefonbuch im Haus!", sagte er zu sich selbst. Die Tür stand noch immer eine Handbreit offen. Er drückte sie vollends auf und betrat den Wohnraum.

Der Telefonapparat war fort. Die Steckdose, wo er angeschlossen gewesen war, war leer. Axels Blick fiel auf die Leiter. Er stieg in das obere Stockwerk, in dem Dr. Nintas Arbeitszimmer untergebracht war.

„Oh Mann!", stöhnte er. Das Zimmer war total verwüstet. Alle Bücher waren aus den Regalen gefegt worden, die Schubladen des Schreibtisches auf den Boden geleert. Wer auch immer hier gewütet hatte, hatte es sehr gründlich getan. War es nur Vandalismus? Oder hatte jemand etwas gesucht?

Telefon fand Axel keines und deshalb stieg er noch einen Stock höher in das Schlafzimmer der Forscherin. Eine Mulde an der Bettkante zeigte an, dass dort jemand gesessen hatte. Da die Mulde tief und breit war, dachte Axel sofort an Leon Askeno. Der Telefonapparat stand auf dem Nachttisch. Professor

Askeno schien ihn mit nach oben genommen zu haben.

Axel hob den Hörer ab und hielt ihn ans Ohr. Gleich darauf ließ er ihn wieder sinken. Es war kein Ton zu hören, obwohl das Telefon eingesteckt war. Die Leitung schien gestört zu sein. Vielleicht war sie sogar zerstört worden.

„Oh nein!“, seufzte er und ließ sich nach hinten auf das Bett sinken. Er streckte die Arme aus und seine rechte Hand rutschte dabei unter das Kopfkissen.

Er stutzte. Was war das? Axel zog ein aufgeschlagenes Buch hervor. Wieso hatte Kim Ninta es unter das Kopfkissen gelegt? Hatte sie vielleicht darin gelesen? Das Buch war in Englisch geschrieben und Axel verstand zuerst kein Wort. Er warf einen Blick auf den Titel und hob die Augenbrauen. Sonderbar. Wieso interessierte sich Dr. Ninta für ...? Augenblick mal! Axel ging ein Licht auf.

GESCHLOSSEN!

Der Mann, den alle mit General ansprachen, stand noch immer neben der Kiste, in der Lilo, Poppi und Dominik gefangen gehalten wurden.

„Ich glaube, er funkt“, hauchte Dominik.

Von oben kamen klickende Geräusche, dann ein Rauschen und Sprachfetzen.

„General Kron ruft Dr. Loser!“, hörten sie ihn mehrere Male sagen.

„Hier Dr. Loser, bitte kommen“, meldete sich eine krächzende Stimme.

„Wir haben hier drei Kinder. Unerwünschte Augenzeugen. Können Sie die gebrauchen?“

„Gebrauchen?“ Lilo verzog das Gesicht. Was sollte das denn heißen: „Gebrauchen“?

„Sind als Testpersonen geeignet“, lautete die Antwort.

Die drei Knickerbocker zuckten erschrocken zusammen. Testpersonen? Das klang fürchterlich. Getestet wurden nur Dinge, von denen man nicht genau wusste, was sie bewirkten. Was sollte an ihnen denn ausprobiert werden?

„Gut, ich veranlasse alles!“, erklärte der General. „Over and out!“ Er wechselte mit dem Mann namens Jonson ein paar Worte und ging davon.

„Ich will hier raus!“, flüsterte Dominik.

„Was meinst du, was wir wollen? Hier mindestens noch zwei Jahre verbringen und rauschende Partys feiern!“, zischte Lieselotte.

Poppi hatte das Gesicht an die Bretter gepresst und starrte durch eine Ritze. „Alle gehen weg!“, meldete sie. „Im Laufschritt sogar.“

„Dann ist die Gelegenheit mehr als günstig abzuhauen“, stellte Lieselotte fest. „Kontrolliert zuerst, ob wir auch bestimmt nicht bewacht werden. Lautet die Antwort nein, müssen wir ein Brett lockern, und dann nichts wie weg.“

„Brett lockern, klar!“, spottete Dominik. „Ich wünsche dir viel Spaß. Das schaffen wir nie!“

„Dann haben wir ein Problem!“, brummte Lilo. Beim Gedanken an das, was sie gerade gehört hatte, erschauderte sie sogar im Nachhinein. Allerdings hatte Dominik Recht. Das wusste sie genau.

Axel hatte das Haus wieder verlassen. Zum Telefonieren war er nicht gekommen, da die Leitung ohne Zweifel unterbrochen war. In Kim Nintas Küche hatte er eine Flasche Eistee gefunden und auf einen Zug geleert. Er fühlte sich nun etwas besser und nicht mehr so k. o.

Über den Schotterweg lief er nach oben bis zur großen Straße. Er überlegte, ob er ein Auto anhalten sollte, entschied sich aber dagegen. Es könnte jemand drinnen sitzen, der es nicht gut mit ihm meinte. Er und seine Knickerbocker-Freunde waren in dieser Sache bereits einmal auf jemanden hereingefallen, der auf den ersten Blick wie ein Freund gewirkt hatte.

Zu Fuß legte Axel den Weg bis zum Hotel zurück. Er hatte ein gutes Gedächtnis für Wegstrecken und konnte sich bei jeder Kreuzung erinnern, wohin er abbiegen musste.

Es war bereits Nachmittag, als endlich der weiße, schmucklose Bau vor ihm auftauchte. Erleichtert atmete er auf. Er hatte es geschafft und würde endlich Hilfe finden. Vor allem musste sofort eine große Suchaktion nach seinen Freunden gestartet werden.

„Durst!“, dachte er. „Ich muss dringend noch mal etwas trinken.“

Als er näher an die braune doppelflügelige Holztür herankam, spürte er bereits, dass etwas nicht stimmte. Ein weißer Zettel war mit Reißzwecken angebracht. Was darauf stand, konnte er aus der Entfernung aber noch nicht erkennen. Trotz seiner Erschöpfung legte er das letzte Stück im Laufschritt zurück.

Seine schlimmsten Befürchtungen wurden noch übertroffen. Auf dem Zettel stand mit Kugelschreiber: „Geschlossen“. Axel rüttelte an der Tür, doch ohne Erfolg. Das Hotel war wirklich zu. Auch die Fensterläden an der Außenseite waren alle verriegelt.

„Nein, nein, das darf nicht wahr sein!“, stöhnte er

und lief auf die andere Seite, wo sich der Garten befand.

Die Tische und Stühle waren in eine Ecke gestapelt, die Türen abgesperrt, und auch hier waren alle Fensterläden zu. Mit den Fäusten trommelte Axel gegen das dicke Holz der Gartentür. Er hörte, wie die Schläge drinnen hallten.

Aber niemand schien ihn zu hören. Keiner kam und öffnete. Wieso? Warum waren alle weg? Wieso nahm Luna das Verschwinden der Knickerbocker-Bande einfach so hin? Steckte sie mit den Gaunern unter einer Decke?

Axel wischte sich mit der Hand über die Augen. Tränen liefen ihm über das Gesicht. Er konnte sie nicht zurückhalten. Er hatte sich noch nie in seinem ganzen Leben so allein gelassen und einsam gefühlt.

Schluchzend stolperte er über einen schmalen Weg, der rund um das Haus führte, zurück auf die Straße. Er kam bei einem gemauerten Verschlag vorbei, in dem die grauen Müllsäcke bis zur Abholung gelagert wurden. Es türmten sich mehrere prallvolle Säcke. Einer war sogar aufgeplatzt. Axel traute seinen Augen nicht, als er sah, was aus dem Sack herausquoll.

Die Kiste mit den gefangenen Knickerbocker-Freunden war unbewacht zurückgeblieben. Poppi übernahm die Aufgabe, von Ritze zu Ritze zu kriechen und nach draußen zu spähen. Sobald sich jemand näherte, sollte sie das melden. Lilo und Dominik klopften währenddessen ein Brett nach dem anderen ab, in der Hoffnung, eines könnte locker sein.

Die Hitze in der Kiste wurde immer schlimmer. Die Sonne glühte unerbittlich von oben auf das Holz. Es war wie in einem Backofen.

„Hier, sieh dir das an!“, flüsterte Dominik und deutete auf eine Ecke. Lieselotte kroch sofort zu ihm hinüber. Dominik presste beide Hände gegen ein schmales Brett. Das untere Ende war nicht festgenagelt und ließ sich nach außen drücken.

„Kommt jemand?“, fragte Lilo Poppi leise.

„Nein!“, hauchte Poppi.

Lilo setzte sich so, dass sie ein Bein gegen die lose Latte stemmen konnte. Sie trat kräftig nach vorne und das Brett brach krachend in der Mitte durch.

„Viel zu schmal, da kommen wir nicht durch“, flüsterte Dominik.

„Alter Schwarzseher, futter nicht so viel, dann schaffst du es!“, frotzelte Lilo. Natürlich hatte Dominik Recht, aber wenn sie ein Brett geschafft hatten, würden sie auch noch weitere herausbrechen können. Lieselotte rutschte ein Stück weiter und begann gegen die nächste Latte zu treten. Sie erwies sich als bedeutend stabiler und gab keinen Millimeter nach.

„Mist!“, fluchte Lilo.

„Aus!“, zischte Poppi. „Es kommt jemand.“

Sekunden später wurde über ihnen eine Klappe geöffnet. Das grelle Sonnenlicht fiel herein und blendete sie. Jemand beugte sich über die Öffnung und befahl ihnen in sehr unfreundlichem Ton sofort aufzustehen. Die drei erhoben sich sehr langsam. Sofort wurden sie von starken Händen gepackt und hochgehoben.

„Wir schaffen sie zu den anderen!“, hörten sie Jonson sagen, der vorher mit dem General gesprochen hatte.

Ihre Augen hatten sich mittlerweile an das gleißende Licht gewöhnt. Lilo, Poppi und Dominik sahen ein Lager, das aus mehreren Zelten mit schwarz-braun-olivgrünem Tarnmuster bestand. In das Buschwerk des nahen Waldes war ein Weg geschlagen worden.

Poppi gab Lilo einen Stoß mit dem Ellbogen. „Du, ich weiß jetzt wieder, wieso mir die Stimme von dem Mann, der ins Hotel gekommen ist, so bekannt vorkam. Ich habe sie im Haus von Mr Krok gehört.“

Lilo verzog den Mund. „Das hätte dir auch früher einfallen können.“

Entschuldigend zuckte Poppi mit den Schultern und machte ein verlegenes Gesicht.

Dominik deutete mit dem Kopf auf einen der Männer. Er hatte ungewöhnlich lange Arme und Beine und erinnerte an einen Menschenaffen. Es war der Mann, der ihnen am Flugplatz das Märchen von

der Fütterung der Komodowarane aufgetischt hatte. „Mitkommen!“, befahl er.

„Wo bringen die uns hin?“, fragte Dominik leise.

Lilo hatte keine Ahnung. An Flucht war jedenfalls nicht zu denken. Drei starke Männer führten sie. Ihre Gesichter waren alles andere als freundlich. Sie schubsten die Knickerbocker auf einen schmalen Trampelpfad, der zu einem Hügel führte.

„Wo sind wir hier?“, wunderte sich Lieselotte.

Dominik deutete mit dem Kopf nach rechts. Zwischen den Bäumen war das Meer zu sehen. Die Wellen glitzerten wie flüssiges Silber in der Sonne. In der Ferne sah Lieselotte eine große bewohnte Insel. Offensichtlich handelte es sich um Komodo.

„Wir sind auf Kim Nintas Forschungsinsel. Das trau ich mich zu wetten“, raunte Dominik den Mädchen zu.

Lieselotte gab ihm Recht. Sie warf einen Blick zur Sonne und war froh, eine Uhr mit Zeigern zu tragen. Es gab nämlich einen Trick, durch den sie mithilfe der Zeiger und der Sonne die Himmelsrichtungen feststellen konnte.

„Wir sind diesmal im südlichen Teil der Insel, wo eigentlich die Komodowarane leben“, flüsterte sie den anderen zu.

„Die Hüter des Schatzes“, murmelte Poppi.

Das Unternehmen, das hier ablief, hatte den Codenamen „Schatzsuche“. Davon hatte einer der jungen

Männer gesprochen. Gab es ihn tatsächlich, den sagenhaften Schatz? War der glühende Ball, der vom Himmel gefallen war, ein Hinweis darauf?

Lilo sah zu den Männern in den grünen Overalls hinüber. Wie Schatzsucher wirkten sie nicht. Eher wie die Mitglieder eines Spezialkommandos.

„Was ist nur mit Axel geschehen?", fragte Poppi leise.

„Es wird nicht gesprochen!", herrschte einer der Männer sie an. Erschrocken senkten die drei Knickerbocker die Köpfe.

Axel starrte immer noch auf den aufgeplatzten Sack. Er enthielt die Klamotten und Reisetaschen der Knickerbocker-Bande. Die Sachen waren achtlos hineingestopft und weggeworfen worden.

„Als wollte jemand alle Spuren vernichten, die auf uns hindeuten", fiel Axel ein. Trotz der Hitze kroch ihm eine Gänsehaut über den Rücken.

„Wieso? Warum? Weshalb macht jemand so etwas?", hämmerte es Axel immer wieder durch den Kopf. Er konnte noch immer nicht verstehen, wieso Luna und ihre Familie verschwunden waren und das Hotel geschlossen hatten. Am Abend hatte es keine Anzeichen darauf gegeben. „Und wo ist Joe? Wieso sucht er nicht nach uns?"

Damit die Sachen der Bande nicht verschwinden konnten, holte Axel den Müllsack aus dem Verschlag und brachte ihn zu einer Nische neben der Hotelküche. Er versteckte ihn hinter einem Stapel Holzkisten. Wenn die anderen in Sicherheit und die Knickerbocker-Bande wieder vereint war, konnten sie alles abholen.

Wenn, ja wenn alle wieder heil beisammen waren. Wo sollte Axel nur suchen? Wo konnte er suchen?

Auf einmal fiel ihm das Haus von Mr Krok ein.

Poppi hatte dort die Männer in Schutzanzügen beobachtet. Joe war auch dort gewesen. Axel beschloss, ebenfalls hinzugehen. Bestimmt kreuzte Joe irgendwann auf. Axel musste dann herausfinden, auf welcher Seite Joe stand und für wen er arbeitete.

Aus seiner Hosentasche holte Axel sein ganzes Geld. Es war eine Menge. Er hatte nämlich noch nichts gekauft, seit sie auf Komodo angekommen waren. Der Knickerbocker beschloss, ein Taxi zu nehmen und sich zum Haus von Mr Krok fahren zu lassen. Der Taxifahrer würde hoffentlich wissen, wo es sich befand.

Der Plan klappte. Eine Stunde später stieg Axel vor der Einfahrt zu einem riesigen Grundstück aus. Er bezahlte den Fahrer und bedankte sich. Das Anwesen war von einem hohen weißen Metallzaun umgeben. Auf dem Hügel, der sich hinter dem Zaun erhob, sah Axel das ultramoderne Haus, von dem Poppi berichtet hatte.

Vorsichtig trat er an die weiß gestrichenen Metallstangen. Standen sie vielleicht unter Strom? Warnschild konnte er keines sehen. Also riss er eine Grünpflanze ab und schlug damit prüfend gegen den Zaun.

Nichts geschah. Mutig geworden fasste Axel die Stangen an und schob sich seitlich durch. Zum Glück war er dünn genug. Auf allen vieren huschte er den Hügel hinauf und ging hinter einer Baumgruppe in

Deckung. Von hier hatte er einen guten Blick zum Haus. Die Sonne spiegelte sich in den riesigen Glasscheiben und machte es unmöglich, in die Räume zu sehen. War jemand hier?

Hinter Axel surrte und knirschte etwas am Fuß des Hügels. Er drehte sich erschrocken um und musste sein Versteck verlassen, um einen Blick nach unten werfen zu können.

Joes Jeep kam durch das Tor und den Zufahrtsweg herauf. Erleichtert atmete Axel auf. Endlich hatte er ihn gefunden. Er machte ein paar Schritte nach vorn und hob die Hand um zu winken.

Der Geländewagen hielt und die Fahrertür wurde aufgerissen. Jemand stieg aus. Doch es war nicht Joe.

Die Männer auf der Insel brachten Lilo, Dominik und Poppi auf einen steilen Felsen. Es führte nur ein einziger, sehr schmaler Pfad nach oben. Als sie endlich die Spitze erreicht hatten, waren die drei Knickerbocker völlig außer Atem und in Schweiß gebadet.

Auf dem Hügel befand sich eine Plattform, von der aus man einen herrlichen Blick über einen großen Teil der Insel und zum Meer hatte. Gegen einen Fels gelehnt, kauerten Dr. Ninta und Professor Askeno auf dem Boden. Beide sahen sehr blass und erschöpft aus. Als die drei Knickerbocker gebracht wurden, sprangen sie erschrocken auf.

„Nein, nicht ... nicht die Kinder!“, flehte Kim die

Männer an. Diese schienen völlig ungerührt und stießen sie nur beiseite. Sie befahlen den dreien, sich zu setzen, und verließen die Plattform wieder.

Lilo schlich ihnen ein Stück nach um zu sehen, ob der Weg frei blieb.

„Keine Chance, sie lassen immer einen da, der uns bewacht!“, sagte Dr. Ninta schwach.

Poppi spähte vorsichtig über eine Felskante. Fast senkrecht ging es viele Meter in die Tiefe. Klettern war unmöglich und ein Sprung konnte nur tödlich enden.

„Wer sind diese Leute? Und welche Versuche haben sie mit uns vor?“, platzte Lieselotte heraus.

Kim Ninta schüttelte traurig den Kopf. „Fragt besser nicht. Und erst mal willkommen. Ich hätte gehofft, dass wir uns unter erfreulicheren Umständen wiedersehen.“

Die Junior-Detektive sahen ein, dass es keine Fluchtmöglichkeit gab, und ließen sich vor den Forschern auf den Boden sinken.

„Was ist hier auf der Insel los? Sie kennen doch den Grund für die ganze Aufregung!“ Lilo starrte Leon Askeno fragend an.

Der Wissenschaftler seufzte tief. „Eine kleine Sensation könnte hier zur größten Katastrophe für die Erde werden.“

Poppi schlug die Hände vor den Mund. Das hörte sich ja entsetzlich an.

„Was meinen Sie damit?“, wollte Dominik wissen.

Professor Askeno deutete zum Inneren der Insel. „Seht ihr den großen schwarzen Fleck?“

Die Junior-Detektive reckten die Köpfe. Sie erkannten, was der Professor meinte. Ungefähr einen Kilometer entfernt befand sich in einer Talsenke ein fast kreisrunder schwarzer Fleck. Er zog sich über einen bewaldeten Teil und ein Stück Grasland.

„Hat es dort gebrannt?“, fragte Lilo.

„Dort ist ein riesiger Meteorit eingeschlagen“, erklärte Leon Askeno.

„Der Feuerball! Mr Gall hat also tatsächlich eine Sternschnuppe gesehen“, sagte Dominik.

„Sind Außerirdische mit dem Meteoriten gekommen?“, fragte Poppi aufgeregt.

Professor Askeno runzelte die Stirn. „Wie kommst du darauf?“

„Na ja, wegen des Schatzes, der hier versteckt liegt. Angeblich ist er aus Europa gebracht worden. Vielleicht aber handelt es sich um etwas, das Außerirdische versteckt haben!“

Leon Askeno und Kim Ninta warfen einander verwunderte Blicke zu. „Wisst ihr vielleicht mehr als wir?“, fragte Dr. Ninta.

„Das sind nur die Ergebnisse unserer Nachforschungen“, erklärte Dominik. Trotz Angst und Sorge war er stolz, was die Knickerbocker-Bande alles herausgefunden hatte.

„Sollen wir es den Kindern überhaupt sagen?", flüsterte Professor Askeno Dr. Ninta zu.

Lieselotte hasste es, wie ein Baby behandelt zu werden. „Wir sind keine dämlichen Kinder, vor denen man etwas verheimlichen muss!", zischte sie. „Wir wollen endlich wissen, was hier los ist!"

Nach kurzem Nachdenken entschied sich Professor Askeno, den dreien zu erklären, was er wusste. „Euch ist sicherlich bekannt, dass gleichzeitig mehrere Raumsonden unterwegs sind. Sie fliegen durch das All und steuern zum Beispiel den Mars, die Venus und andere Planeten an."

Die Junior-Detektive nickten. Davon hatten sie natürlich schon gehört.

„Das Weltraumzentrum, für das ich arbeite, hat Raumsonden ins All geschickt, die Meteoriten ausspähen sollen. Meteoriten sind Gesteinsbrocken, die durch den Weltraum fliegen. Geraten sie aber in die Nähe eines Planeten wie die Erde, so werden sie angezogen und tauchen in die Lufthülle, die Atmosphäre, ein. Durch die Reibung in der Luft werden die Meteoriten stark erhitzt und viele verglühen vollständig und erreichen nie den Boden."

„Das sind dann Sternschnuppen, die man am Abendhimmel sieht!", warf Dominik ein.

Professor Askeno nickte. „Einige Meteoriten sind aber so groß, dass sie auf der Erde einschlagen. Ein Riesenmeteorit soll vor Millionen Jahren zum Beispiel die Saurier ausgerottet haben. In der Wüste wurden Krater gefunden, die zweifellos von Meteoriten stammen. Durch den gigantischen Druck beim Aufprall sind sogar winzige Diamanten am Kraterrand entstanden."

Mit offenem Mund hörten die drei Knickerbocker zu. Für ein paar Augenblicke vergaßen sie, in welcher schlimmen und aussichtslosen Lage sie sich befanden.

„Unsere Raumsonden haben bereits vor einiger Zeit einen Meteoriten gemeldet, der sich auf die Erde zubewegt hat. Die Sonden können mithilfe modernster Geräte einen solchen Meteoriten näher untersuchen. Die Daten, die uns gefunkt wurden, waren unglaublich. Wir haben sie lange für einen Computer-Irrtum gehalten."

„Wieso? Was für Daten?", wollte Lieselotte wissen.

„Leider ist mir erst jetzt klar geworden, dass unsere Computersysteme absolut nicht sicher sind. Wahrscheinlich wurden die Daten und Ergebnisse unserer Raumsonden schon lange Zeit auch von anderen ausgewertet. Heute weiß ich, dass wir es nicht mit einem Irrtum zu tun hatten, sondern mit einer Entdeckung, die niemals in falsche Hände hätte fallen dürfen!" Professor Askeno seufzte tief und wischte sich über das Gesicht. Gespannt blickten ihn die Knickerbocker an. Um welche Daten ging es? Was war an diesem Meteoriten so Besonderes?

Ein Knirschen zeigte das Eintreffen mehrerer Männer an. Sie gaben mit dem Kopf den beiden Wissenschaftlern und den Knickerbockern ein Zeichen mitzukommen.

„Nein, ich will nicht!“ Poppi blieb sitzen und schüttelte energisch den Kopf. Die Männer packten sie und zogen sie in die Höhe. Einer warf sie wie einen Sack über die Schulter.

„Was ... was machen die mit uns?“ Dominik konnte kaum noch sprechen vor Angst.

Kim Ninta legte die Arme um ihn und Lieselotte. „Wir bleiben zusammen. Wir sind bei euch.“ Ihre Hände waren schweißnass und sie zitterte am ganzen Körper.

„Wir ... wir wollen den Kommandanten dieses Unternehmens sprechen!“, verlangte Leon Askeno. Doch die Männer reagierten nicht. Einer von ihnen, Jonson, trat so dicht vor den Professor, dass dieser erschrocken zurückwich, und sagte drohend: „Befehle geben nur wir. Sie gehorchen, alles andere könnte schlimme Folgen für Sie haben.“

„Schlimmer als das, was Sie mit uns vorhaben?“, schrie der Professor.

Lilo, Poppi und Dominik starrten ihn entsetzt an. Was sollte das bedeuten? Die Angst machte sie steif und schwach. Doch es blieb ihnen nichts anderes übrig als die Befehle der Männer zu befolgen.

DER TEST BEGINNT

Vor der Villa von Mr Krok hockte Axel hinter den Büschen und krümmte sich. Er hatte schreckliche Bauchschmerzen und musste dringend auf die Toilette. Doch im Augenblick wagte er keine Bewegung, die bemerkt werden könnte.

Aus dem Wagen war der dürre Mann mit dem Wachsgesicht gestiegen, den sie mit Joe am Flugplatz reden gesehen hatten. Er knallte die Wagentür zu und ging mit eckigen Schritten auf das Haus zu.

Der Mann wohnte in dem Haus, auf das Joe aufpassen sollte, und fuhr auch noch seinen Wagen. Es gab keinen Zweifel: Joe und er steckten unter einer Decke. Nur mit Mühe unterdrückte Axel die Tränen. Jetzt bloß nicht heulen, das würde ihm auch nicht weiterhelfen. Er schlich geduckt weiter und hielt sich dabei ständig hinter den Bäumen und Büschen versteckt. Auf diese Weise gelangte er zur Rückseite der Villa von Mr Krok, wo das Segeldach bis zum Boden reichte. Axel sah einen Swimmingpool, eine kleine Bar und daneben ein Häuschen, dessen Tür offen stand. Er huschte hinein und atmete erleichtert auf, als er eine Toilette entdeckte. Sein Herz raste. In seinem Bauch schien eine Feuerkugel zu rotieren. Trotzdem versuchte er einen klaren Gedanken zu fassen.

„Spuren beseitigen“, fiel ihm ein. Es war ein fürchterlicher Gedanke, aber er leuchtete ihm ein. „Wir wissen zu viel und deshalb mussten wir verschwinden. Genau wie Dr. Ninta und der Professor. Alle unsere Spuren wurden beseitigt, unsere Sachen einfach weggeworfen, als wären wir nie im Hotel gewesen.“

Was aber war den Leuten von der Zeitung gesagt worden? Was hatte man den Eltern der Knickerbocker mitgeteilt? Dachten sie vielleicht, die vier wären auf der Insel der Komodowarane verunglückt? Oder heimlich hingefahren und nie zurückgekommen? Oder ...?

„Ich muss telefonieren“, lautete Axels Entschluss. „Aber wo?“

Draußen hörte er Stimmen. Er schlich zur Tür des Häuschens, das auch als Umkleidekabine und Dusche diente, und spähte zum Pool. Der Mann mit dem Wachsgesicht kam. Er ließ sich in einen Liegestuhl sinken und nahm einen großen Schluck aus einem Glas mit brauner Flüssigkeit.

Mit zackigen Schritten näherten sich zwei Männer in Tarnanzügen und Schnürstiefeln. Einer reichte dem Wachsgesicht ein Funkgerät.

„Für Sie, Dr. Loser! Es ist der General!“, sagte einer der Männer in militärischem Tonfall.

„Hier Dr. Loser, bitte kommen!“

„General Kron. Der Schatz ist gesichert und abgezäunt. Wir führen die fünf Gefangenen zur Schatzinsel. Es handelt sich um zwei Erwachsene und drei Kinder. Was soll weiter mit ihnen geschehen?“, kam eine schnarrende Stimme aus dem Lautsprecher des Funkgerätes.

„Sie müssen die Testpersonen in unmittelbare Nähe des Schatzes bringen. Am besten wäre es, sie bekommen Körperkontakt mit ihm. Danach schaffen sie die Testobjekte in die Isolierstation zurück. Achtung: Ihre Männer dürfen sich ihnen dann nur noch in Schutzanzügen nähern. Jeder direkte Kontakt wäre ein Risiko, das nicht eingegangen werden darf. Falls es doch passiert, ist die Person unverzüglich ebenfalls zu isolieren.“

Axel musste sich festhalten. Drei Kinder – damit konnten nur seine Freunde gemeint sein. Wer die Erwachsenen waren, konnte er sich denken. Aber was hatten die Leute mit ihnen vor? Wie konnte er ihnen helfen? Er wusste ja nicht einmal, wo sie sich befanden.

„Doch, sie sind bestimmt auf der Insel der Komodowarane! Aber die Insel ist riesig. Wie sollen sie dort gefunden werden?“, überlegte er fieberhaft.

Er musste Hilfe holen. Doch wo? An wen konnte er sich wenden? Gab es jemanden, dem er vertrauen konnte? Axel fiel niemand ein.

Das Funkgespräch war beendet. Dr. Loser behielt das Gerät aber bei sich. „Sie haben noch einen anderen Auftrag zu erfüllen“, erinnerte er die beiden Männer. Diese schlugen die hinteren Enden der Stiefel zusammen und salutierten. „Sehr wohl, Herr Doktor!“

Axel kauerte auf dem Boden des Häuschens und flehte, der Doktor möge endlich aufstehen und gehen. Doch das genaue Gegenteil schien der Fall zu sein. Er machte es sich im Liegestuhl bequem und nahm abermals einen Schluck seines Drinks. Axel saß fest. Er konnte das Häuschen nicht verlassen, ohne dass das Wachsgesicht es bemerkte. Seine Gedanken waren bei Lilo, Dominik und Poppi. Die drei schwebten in größter Gefahr. In Lebensgefahr – und nur er konnte ihnen helfen. Aber wie?

Auf der Insel hatten die drei Männer die Gefangenen wieder vom Felsen in die Ebene gebracht. Über den Weg, der ins Unterholz geschlagen worden war, erreichten sie ein abgezäuntes Gebiet. Alle paar Meter war eine Metallstange in den Boden geschlagen worden. Ein gelbschwarz gestreiftes, breites Kunststoffband spannte sich von Stange zu Stange.

Lilo erschauderte. Zwischen den Bäumen sah sie in einiger Entfernung silberfarbene Schutzanzüge glänzen und blitzen. Die Bewegungen der Männer in den Anzügen erinnerten an die der Astronauten auf dem Mond. Sie waren langsam und unbeholfen.

„Ihr geht jetzt dorthin!“, befahl Jonson und deutete auf die Männer in den Schutzanzügen. „Dort erfahrt ihr, was weiter geschieht.“

„Nein, das können Sie nicht tun! Sind Sie wahnsinnig!“, rief Professor Askeno.

„Lassen Sie doch die Kinder aus dem Spiel!“, bettelte Kim Ninta.

Die drei Knickerbocker wichen automatisch zurück, bereit zu flüchten. Doch sie kamen nicht weit. Sofort standen Männer hinter ihnen und hielten sie auf.

„Ihr geht nun dorthin!“, wiederholte Jonson. Seine Stimme klang eiskalt und ließ keinen Zweifel offen, dass es keine andere Wahl gab.

Lilo verlor die Nerven. „Ich will endlich wissen, was los ist!“, schrie sie. „Professor Askeno, sagen Sie schon, was mit diesem Meteoriten ist!“ Sie schlug mit den Armen um sich und traf dabei einen der Männer. Sofort packte er ihre Handgelenke und verdrehte ihr die Arme auf den Rücken.

„Der General hat Befehl gegeben, keine Waffen einzusetzen. Doch in Notfällen gibt es Ausnahmen!“, drohte Jonson.

„Kinder kommt, wir ... wir haben keine andere Wahl!“, sagte Dr. Ninta leise. „Kommt, bitte.“ Sie stellte sich hinter die drei Knickerbocker und legte schützend ihre Arme um sie. „Ich bin bei euch. Und Leon auch. Wir ... wir schaffen das schon. Kommt!“ Es klang aber nicht sehr überzeugend.

Einer der Männer hob das schwarzgelbe Plastikband hoch. Die Knickerbocker und die beiden Forscher schlüpften unten durch und bewegten sich sehr langsam, Schritt für Schritt, auf die Männer in den Schutzanzügen zu. Diese wankten zu ihnen her und umringten sie. Flüchten war unmöglich. Die silbernen Gestalten schoben sie durch den Wald.

„Keine Tiere mehr!“, stellte Dr. Ninta fest.

Sie hatte Recht. In den Bäumen zwitscherten keine Vögel. Nur die Insekten summten.

„Gibt es ... hier Komodowarane?“, erkundigte sich Poppi leise.

„Sie sind ziemlich sicher alle ans andere Ende der Insel geflüchtet. Der Aufprall des Meteoriten hat sie vertrieben!“, antwortete Dr. Ninta.

Dominik deutete mit dem Kopf nach oben. Die Kronen der Bäume waren schwarz und verbrannt. Es sah aus, als wäre eine Welle aus Feuer über die Bäume hinweggefegt.

Ganz plötzlich war der Wald zu Ende. Vor ihnen befand sich eine weite Ebene, die völlig kahl war. Nur da und dort erinnerten verbrannte Wurzelstöcke an den Wald, der sich hier befunden hatte.

Ungefähr 300 Meter entfernt stieg eine dünne Rauchfahne aus dem Boden. Ein schwarzer Fleck deutete darauf hin, dass sich an dieser Stelle ein Loch befand: der Krater, den der Meteorit, der Felsbrocken aus dem All, geschlagen hatte.

Über eine Gegensprechanlage kam die Stimme eines der Männer aus dem Schutzanzug. Sie klang

verzerrt und elektronisch. „Begeben Sie sich bis zum Krater, verweilen Sie dort mehrere Minuten und kommen Sie dann zurück!“, lautete der Befehl.

„Aber …!“ Leon Askeno ließ mutlos die Schultern sinken.

„Gehen Sie!“ Der Mann im Schutzanzug stieß den bulligen Forscher unsanft weiter.

„Wir haben keine Chance“, sagte Professor Askeno leise. „Aber … aber es gibt Hoffnung für uns.“

Nachdem sie einige Schritte gemacht hatten, stellte Dominik die Frage, die alle drei Knickerbocker am meisten beschäftigte: „Was ist mit dem Meteoriten los? Was ist an ihm so gefährlich?“

„Wir haben ihn gefunden!“, hörte Axel eine Stimme sagen. Er beugte sich vor und spähte am Türstock vorbei nach draußen. Die beiden Männer waren zurück. Zwischen ihnen stand Joe. Er krümmte sich wie ein Wurm und knetete seinen alten Hut zwischen den Händen.

„Wo war er?“, wollte Dr. Loser wissen.

„Am Flugplatz. Hat sich ein billiges Ticket besorgt und wollte nach Amerika!“, berichtete einer der beiden Männer.

„Soso, wie interessant. Holen Sie Leutnant Trasher. Ich muss mit ihm reden. Diese Jammergestalt kann uns sicher in Bezug auf diese lästigen Kinder weiterhelfen. Und lassen Sie den Wagen verschwinden, in dem ich gekommen bin. Er hat diesem Typen gehört. Am besten, Sie stürzen ihn ins Meer. Es soll wie ein Unfall aussehen.“

Die beiden Männer in den Tarnanzügen traten ab. Joe blieb mit hängenden Schultern vor dem Wachsgesicht stehen und starrte auf seine Schuhspitzen.

„Sie dachten wohl, wir finden Sie nicht!“, spottete der Doktor. „Da haben Sie sich aber geirrt. Schon einmal von ‚Black Cat‘ gehört?“

„‚Black Cat‘? Die schwarze Katze?“ Joe starrte

den Mann entsetzt an. „Das ist doch ... eine Organisation ... wie die Mafia."

„Falsch!" Dr. Loser schlug mit der Hand auf die Armstütze des Liegestuhls. „Schlimmer und besser als die Mafia. Und wenn alles klappt, sind wir bereits in Kürze mächtiger als alle anderen auf dieser Erde. Dann hört alles auf unser Kommando!"

„Wieso ... wieso erzählen Sie mir das alles? Niemand ... kennt doch die Leute hinter ‚Black Cat', oder?" Joes Knie zitterten, das konnte Axel deutlich sehen.

„Richtig. Und so wird es auch bleiben. Wir hinterlassen keine Spuren. Das ist unser oberstes Gebot!"

Joe schluckte heftig. Er wusste, was das bedeutete. Der Mann spielte gerade mit ihm, wie die Katze mit einer gefangenen Maus spielt, bevor sie sie verschlingt.

„Diese Kinder waren ein Problem. Vor allem müssen alle neugierigen Fragen verhindert werden. Deshalb reden Sie jetzt besser!", fuhr ihn Dr. Loser an.

Joe hob den Kopf. „Sie ... Sie haben sie weggebracht. Wohin?", wollte er wissen.

„Tun Sie nicht so, als würde Sie das interessieren. Sie haben keinen Versuch unternommen, ihren Schützlingen zu helfen. Sie wollten nur sich selbst in Sicherheit bringen!", sagte der Doktor bissig.

Axel musste ihm leider Recht geben. Joe war ein Waschlappen, ein Schlappi.

In diesem Augenblick sah Joe auf. Sein Blick fiel genau auf die Tür des Häuschens, in dem sich Axel versteckte. Der Knickerbocker konnte den Kopf nicht mehr rechtzeitig zurückziehen. Joe hatte ihn schon gesehen und schnappte nach Luft.

„Dumpfbacke, nicht!“, flehte Axel.

„Was ist?“ Dr. Loser drehte sich in Axels Richtung um. Der Junior-Detektiv war wieder in Deckung gegangen und zitterte am ganzen Körper. Sein Herz klopfte so stark und laut, dass er Angst hatte, man könnte es hören.

„Ah, unser Herr Vermieter!“ Der Mann, der die Knickerbocker vor einem Tag im Hotel aufgesucht hatte, trat an den Pool und warf Joe einen spöttischen Blick zu. Leutnant Trasher war von den beiden Männern begleitet worden, schickte sie nun aber zum Flugplatz, um dort mit den Vorbereitungen zu beginnen. Axel schöpfte Hoffnung. Vielleicht hatte dieser Dr. Loser schon wieder vergessen, was gerade vorhin geschehen war.

Die Schritte der Männer entfernten sich.

„So, und was machen wir mit dieser Witzfigur?“, wollte der Leutnant wissen.

„Zuerst einmal geht es um diese Kinder“, begann Dr. Loser. Seine Stimme wurde lauter. Er kam näher. Er tat so, als hätte er nichts bemerkt, und wollte den Lauscher im Badehäuschen überraschen. Axel saß in der Falle und es gab kein Entkommen.

Das graue, fahle Wachsgesicht des Mannes kam um die Ecke. Seine Augen weiteten sich überrascht. „Was? Wie kommt der hierher?“, schrie er auf.

„Vielleicht ... vielleicht ist alles doch ein Irrtum. Das würde bedeuten ... wir ... wir sind nicht in Gefahr!“, versuchte Professor Askeno die drei Knickerbocker zu beruhigen.

Dominik warf einen flüchtigen Blick über die Schulter nach hinten. Dort standen die Männer in den silbernen Schutzanzügen und starrten ihnen nach. Die drei Freunde hatten mittlerweile ungefähr die Hälfte des Weges zum Krater zurückgelegt.

„Was ist mit dem Meteoriten, sagen Sie es endlich. Die Ungewissheit ist tausendmal schlimmer als die Wahrheit!“, drängte Dominik.

Lilo und Poppi nickten zustimmend.

„Laut unseren Weltraumsonden befindet sich Leben im Gestein!“, erklärte Professor Askeno.

„Leben? Kleine Außerirdische, oder wie?“, fragte Poppi mit piepsiger Stimme.

„Leben! Das bedeutet winzige Wesen, die nicht einmal unter dem Mikroskop zu sehen sind. Meldet die Raumsonde Leben, so kann das aber auch auf ein Virus hindeuten“, fuhr der Professor fort.

„Virus? Ein Virus verursacht Krankheiten. Es können also Krankheitserreger sein, die bisher auf der Erde unbekannt waren!“, kombinierte Lieselotte.

Leon Askeno nickte stumm.

Poppi wurde klar, wieso man sie zum Krater schickte. „Wir ... wir sollen testen, wie sich das Virus auswirkt und was mit uns geschieht!“, flüsterte sie. Ihr Hals war wie zugeschnürt.

Dominik erkannte die unfassbare Gefahr, in der nicht nur sie sich befanden. „So ein Virus aus dem All könnte als Waffe eingesetzt werden. Gegenmittel gibt es keines – jedenfalls kennt es niemand, der über dieses Virus nicht genau Bescheid weiß.“

Diesmal nickte Kim Ninta.

„Aber ... aber wer sind die Leute auf der Insel ... wieso machen sie das mit uns?“, weinte Poppi.

„Das sind Verbrecher!“, brummte Leon Askeno. „Aber wir haben immer noch eine Chance ... vielleicht hat der Meteorit gar kein Virus gebracht. Vielleicht ist er ungefährlich.“

Sie hatten den Kraterrand erreicht und blickten in eine trichterförmige Öffnung. In ungefähr zehn Meter Tiefe lag ein schwarzer, glatter Brocken, der in der Sonne spiegelte und glänzte, als wäre er aus geschmolzenem Glas. Er hatte die Größe eines Bären und strahlte etwas Mächtiges, Kräftiges, Starkes aus.

Professor Askeno wischte sich mit den Händen immer wieder über das schweißnasse Gesicht. Ohne sich umzudrehen, sagte er leise: „Ich ... ich glaube, es gibt gar kein Virus. Das Glänzen des Meteoriten bedeutet, er wurde beim Eintreten in die Atmosphäre so stark erhitzt, dass er geschmolzen ist. Kein Virus kann diese Temperaturen überleben. Ich glaube, nicht einmal ein Virus aus dem Weltraum. Wir haben es mit einem harmlosen, aber besonders schönen Meteoriten zu tun."

Lilo warf einen vorsichtigen Blick nach hinten. Noch immer starrten die Männer in den Schutzanzügen zu den fünf „Testpersonen".

Hinter dem Krater erstreckte sich wieder eine verbrannte Fläche, die aber bedeutend kleiner war. Der Meteorit war wohl schräg auf die Insel zugerast. Am Ende der Lichtung begann ein Waldstück.

„Und was ist, wenn wir jetzt einfach losrennen?", fragte Lieselotte leise.

Der Professor und Dr. Ninta sahen sie überrascht an. Poppi und Dominik überlegten stumm.

„Was haben wir zu verlieren? Es kann nicht schlimmer werden. Aber vielleicht können wir entkommen!", sagte Lilo.

„Wir versuchen es!" Dieser Satz kam von Poppi. „Du hast Recht, wir müssen es versuchen."

„Los! Wir haben einen großen Vorsprung und den nützen wir. Bestimmt kommen uns die Typen nach, aber in den Schutzanzügen sind sie nicht so schnell!", sagte Lilo. „Wir werden es schaffen. Wir werden es schaffen. Wir dürfen nur daran denken."

„Wir werden es schaffen! Wir werden es schaffen!", stimmten auch die anderen ein.

Dann stürmte Lilo los. Dominik und Poppi folgten ihr. Dr. Ninta hatte keine Probleme, Schritt zu halten, nur Professor Askeno fiel ein bisschen zurück. Seine Körperfülle hatte ihn nicht gerade sehr beweglich gemacht.

Die Männer in den Silberanzügen brauchten ein bisschen, bis ihnen klar wurde, was ihre Gefangenen vorhatten. Als sie sich in Bewegung setzten, hatten die fünf bereits den Vorsprung vergrößern können. Wie vermutet, kamen die Männer in den Schutzanzügen nur im Zeitlupentempo voran.

„Sie bleiben wieder stehen, sie geben auf!“, meldete Dominik atemlos. Am liebsten hätten alle gejubelt, doch sie sparten sich den Atem lieber.

„Wohin rennen wir eigentlich?“, wollte Dr. Ninta wissen.

„Zum Strand hinunter“, schlug Lilo vor.

Nachdem sie eine Viertelstunde gelaufen waren, mussten sie stehen bleiben und verschnaufen. Der Durst machte ihnen sehr zu schaffen. Jedem klebte die Zunge am Gaumen. Die Hitze hatte sie völlig ausgetrocknet.

„Wisst ihr, in welche Richtung wir müssen?“, erkundigte sich Professor Askeno zweifelnd.

Lieselotte bestimmte mithilfe ihrer Uhr die Himmelsrichtungen und deutete nach rechts. „Dorthin, dort ist Süden und dort liegt das Meer!“

So schnell wie möglich, aber nicht mehr laufend,

bewegten sie sich weiter. Der Wald war bald zu Ende und sie traten auf eine weite Grasebene hinaus, die von Bäumen und Felsen begrenzt wurde. Das Gras war bereits so hoch, dass es Poppi fast bis zum Kinn reichte.

„Wir müssen die Wiese überqueren und dann über die Felsen. Aber das schaffen wir, nicht wahr?“, keuchte Lilo. Es war keine Frage, sondern eine Aufmunterung, fast schon ein Befehl.

Leon Askeno ging voran und bahnte ihnen einen Weg durch das hohe Gras. Er schnaufte wie ein Nilpferd, das gerade aus dem Wasser aufgetaucht war. Von Sport hatte er noch nie viel gehalten. Im Augenblick bereute er diese Einstellung sehr.

„Psst, dort!“ Poppi deutete zum Waldrand, wo ein Hirsch aufgetaucht war. Er hielt die dunkle Nase in den Wind, schien sie zu wittern und verschwand wieder.

„Ob er uns bemerkt hat?“, wunderte sich Poppi.

„Weiter!“, kommandierte Lilo.

Sie kämpften sich voran, bis der Professor plötzlich stehen blieb.

„Was ist denn?“, wollten alle wissen.

Leon deutete auf einen schmalen Streifen niedergetrampeltes Gras. Hier war jemand gegangen, vor nicht allzu langer Zeit.

„Ein Komi“, sagte Kim leise. „Er könnte noch in der Nähe sein.“

In diesem Augenblick begann es rund um die fünf zu rascheln. Die Spitzen der langen Halme zitterten und beugten sich, als würde eine Sturmböe darüber hinwegfegen. Von mehreren Seiten kam etwas durch das Gras auf sie zu.

„Die Komodowarane ... sie greifen an!“, schrie Poppi.

Vor ihr teilten sich die Halme und etwas Dunkelgrünes schoss in die Höhe und stürzte sich auf sie.

ABFLUG

Lilo und Dominik brüllten. Sie konnten Poppi nicht einmal zu Hilfe kommen.

„Aber ... nicht!", hörten sie ihre Freundin schreien.

Es war kein Komodowaran, der sich auf sie gestürzt hatte, sondern ein Mann in einem olivgrünen Overall. Rund um die Knickerbocker, Dr. Ninta und Professor Askeno tauchten Männer aus dem hohen Gras auf. Es waren Leute aus dem Lager, die sie mit grimmigen Gesichtern anstarrten.

„Ihr dachtet wohl, ihr entkommt!", lachte einer spöttisch.

Über Funk meldete sich der General. Er war sehr zufrieden darüber, dass die flüchtigen Testpersonen wieder gefasst worden waren. „Bringt sie in die Isolierstation zurück", lautete sein Befehl. Die Männer befolgten ihn, ohne weitere Fragen zu stellen.

Eine Stunde später saßen die Knickerbocker, die beiden Forscher und fünf Kämpfer auf dem Felsen. Der Zugang wurde von vier Männern in Schutzanzügen bewacht und abgeriegelt. Die Männer in den olivgrünen Overalls waren wütend. Als sie die Gefangenen zurückgebracht hatten, waren sie selbst gezwungen worden, in der so genannten Isolierstation zu bleiben.

Lilo hörte, wie die Männer sich unterhielten.

„Sie bringen uns fort, in ein Labor in den USA“, sagte einer.

„Wir ... wir kommen dort nie wieder raus. Keiner ist dort jemals rausgekommen“, erklärte ein anderer.

„Der General hätte uns nie losschicken dürfen, um den Flüchtenden den Weg abzuschneiden. Er wusste, was das bedeutet. Er hat uns einfach in unser ... unser Verderben rennen lassen“, jammerte ein anderer. Grimmig sah keiner mehr drein. Dafür verzweifelt und sehr bleich.

„Wann ... wann werden wir spüren ... was dieses Virus verursacht?“, fragte einer seiner Kollegen leise.

Dominik beugte sich zu Leon Askeno und fragte flüsternd: „Sollten Sie nicht sagen, dass es gar kein Virus gibt?“ Der Forscher wiegte den Kopf. Er wollte sich diese Erkenntnis noch aufheben.

Zwei Helikopter flogen mit lautem Knattern über ihre Köpfe hinweg. Einer davon begann über der Fläche zu kreisen, auf der sie sich befanden. Sofort kam ein Mann im Schutzanzug und deutete den Gefangenen, zur Seite zu gehen, damit der Hubschrauber landen konnte.

„Nein, ich will nicht weggebracht werden!“, schrie Dominik und schlug mit den Fäusten auf den Mann im Silberanzug ein. Zwei starke Hände in dicken Schutzhandschuhen packten ihn und hielten ihn fest.

„Lassen Sie Dominik los!“, schrie Lilo.

Die anderen Männer in den Schutzanzügen kamen ihrem Kollegen zu Hilfe. Sie streckten die Arme zur Seite und drängten die Knickerbocker, die Forscher und die Männer an den Rand des Plateaus. Sie bedeuteten ihnen, sich hinzulegen, damit sie keinen Sand in Mund und Augen bekamen, den der Rotor des Helikopters beim Landen aufwirbelte.

Verzweifelt und völlig entkräftet ließen sich Lilo, Poppi und Dominik niedersinken. Sie spürten den starken Wind des Helikopters, der an ihren Haaren riss, als der Hubschrauber landete. Er war gekommen, um sie abzuholen.

Der Rotor wurde abgestellt und lief aus. Der Wind legte sich. Die Knickerbocker hoben die Köpfe und sahen, wie sich im hinteren Teil des Helikopters eine Klappe langsam öffnete. Das Innere war weiß, wie in einem Krankenhaus. Es gab keine Fenster und als Sitze dienten zwei schmale Bänke mit Sicherheitsgurten. Sie waren nicht gepolstert, sondern aus glattem Kunststoff. Sobald sie dort drinnen saßen, gab es bestimmt nicht mehr die allergeringste Chance zu entkommen.

Den Piloten bekamen sie nicht zu sehen. Er blieb in seinem verspiegelten Cockpit.

„Los, einsteigen!“, drängten die Männer in den Schutzanzügen mit ihren elektronischen Stimmen. Sie stießen die Gefangenen mit den Fußspitzen und stellten sich so auf, dass auch bestimmt keiner entkommen konnte.

Es blieb nichts anderes übrig, als aufzustehen und auf den Helikopter zuzugehen. Das Weiß im Inneren machte Angst. Die Kälte, die es ausstrahlte, ließ die Knickerbocker erschauern. Die drei waren noch zehn Schritte von der Öffnung entfernt. Lieselotte schnalzte zweimal mit der Zunge, um die Aufmerksamkeit ihrer Freunde zu erregen. Völlig unerwartet sprang sie nach links. Es gelang ihr, zwischen zwei der Männer durchzukommen und zum Weg zu laufen. Dominik und Poppi aber schafften es nicht.

Die Männer verfolgten sie nicht einmal. „Komm zurück!“, sagte einer scharf. „Sonst geht es deinen Freunden nicht sehr gut.“

Es blieb Lieselotte nichts anderes übrig, als umzudrehen. Der Fluchtversuch war gründlich missglückt.

Und dann standen sie vor der Öffnung. Als Erstes stiegen die Männer in den olivgrünen Overalls ein.

„Und jetzt du!“, kommandierte einer der Typen im Schutzanzug und deutete auf Lilo. Widerstrebend streckte sie ihre Hände aus und packte die Haltegriffe, die links und rechts von der Öffnung angebracht waren. Sie setzte den Fuß auf eine Art Trittbrett und hätte am liebsten losgeheult. Gab es denn gar keinen Ausweg mehr?

„Halt!“, hörte sie die schnarrende, elektronische Stimme hinter sich sagen. Überrascht drehte sie sich

um. „Zurück!“ Hände in Schutzhandschuhen rissen Lieselotte vom Trittbrett. „Operation abgesagt. Auf Befehl von Dr. Loser.“ Die Männer in den Schutzanzügen sprangen zu den anderen in den Helikopter und die Luke schloss sich wieder. Die Knickerbocker, der Professor und Dr. Ninta konnten sich gerade noch auf den Boden werfen, bevor der Rotor wieder anlief und der Helikopter abhob.

Als er fort war, sahen die fünf einander völlig ratlos an. Was hatte das zu bedeuten?

„Das habt ihr geschafft? Echt?“ Lilo, Dominik und Poppi konnten es noch immer nicht glauben.

Axel nickte stolz. Joe saß neben ihm und sah wie ein Häuflein Elend aus. „Nur Axel gebührt das Lob. Ich ... ich bin wirklich eine jämmerliche Gestalt. Außer pleite war ich noch nie etwas in meinem Leben.“

„Und deshalb hast du heimlich das Haus von Mr Krok vermietet“, sagte Dominik.

Joe nickte.

Axel klopfte ihm auf den Rücken. „Kopf hoch, du hast alles in der Hand. Es kann noch immer ein feiner Kerl aus dir werden. Und gestern hast du ganze Arbeit geleistet.“

Axel und Joe war es nämlich gelungen, den Leutnant und Dr. Loser zu überwältigen. Axel war aus seinem Versteck gesprungen und hatte Dr. Loser nach hinten gestoßen. Dieser war gestürzt und hatte sich dabei das Bein verletzt. Joe hatte den Leutnant mit einem kräftigen Stoß ins Schwimmbecken befördert, war ihm nachgesprungen und hatte ihm die Waffe abgenommen.

Es war Axels Idee gewesen, Dr. Loser zu zwingen, die Operation abzublasen und den Befehl zu geben, alle Gefangenen sofort freizulassen.

Der Hammer an der ganzen Sache kam aber noch: Dr. Loser hatte sich bei „Black Cat“ nur wichtig gemacht, um auf diese Weise der Organisation viel Geld abzuknöpfen. Er selbst hatte den Computer des Weltraumzentrums angezapft und die Daten über das angebliche „Leben“ im Inneren des Meteoriten eingegeben. So konnte er „Black Cat“ zu der großen Aktion überreden. Für seine Vorbereitungsarbeiten und die Untersuchungen in seinen Labors hatte er viele Millionen verlangt.

Leon Askeno hatte den Meteoriten bereits in das Weltraumzentrum bringen lassen, wo er gründlich untersucht wurde. Vielleicht gab es im Gestein tatsächlich wichtige Hinweise, die neue Erkenntnisse über das Weltall brachten. Später einmal sollte der prachtvolle Meteorit jedenfalls ausgestellt werden.

„Und wenn er einen Namen bekommt, so werde ich vorschlagen, ihn Knickerbocker zu nennen“, hatte Professor Askeno versprochen.

Der Polizei war ein großer Schlag gegen „Black Cat" gelungen. Einige der wichtigsten Leute waren festgenommen worden und würden so bald nicht wieder auf freiem Fuß sein.

„Und der Schatz? Was ist mit dem?", wollte Lieselotte wissen.

„Wir werden ihn suchen. Zwei Tage haben wir noch dafür Zeit!", schlug Axel vor. Die anderen waren sofort einverstanden.

„Nein, das ... das dürft ihr nicht!", fuhr Joe in die Höhe.

„Keine Sorge, wir haben ohnehin etwas anderes vor!", beruhigte ihn Lilo lachend. „Außerdem handelt es sich wahrscheinlich ohnehin nur um eine Legende."

„Was habt ihr denn vor?", fragte Joe misstrauisch.

„Am Nachmittag fahren wir mit Dr. Ninta zur Insel. Diesmal wollen wir wirklich Komodos fotografieren. Schließlich müssen wir endlich unseren Artikel schreiben!", sagte Dominik.

Damit war Joe einverstanden, aber glücklich war er nicht gerade. „Am liebsten würde ich euch unter eine Käseglocke setzen!", seufzte er.

„Nützt nichts!", kicherte Poppi. „Bestimmt stoßen wir dort auf ein Ungeheuer, das die Löcher in den Käse bohrt. Wir sind eben echte Knickerbocker und die lassen niemals locker."

Die vier bogen sich vor Lachen und Joe stimmte

schließlich zögernd ein. Wie immer war die Knickerbocker-Bande schon auf den nächsten Fall gespannt. Noch aber ahnten sie nichts von dem Wesen, das ihnen in der Teufelsschlucht begegnen sollte ...

Übrigens: Der Name Knickerbocker-Bande entstand, als Axel, Lilo, Poppi und Dominik den Zeichenwettbewerb einer Lederhosenfirma gewannen und einander bei der Preisverleihung kennen lernten.

Abenteuer 52: „Das Wesen aus der Teufelsschlucht“

DIE KNICKERBOCKER-BANDEN-CHECKLISTE

KREUZE EINFACH DIE KNICKERBOCKER-BÄNDE AN, DIE SCHON IN DEINEM REGAL STEHEN.

❑ 1 Rätsel um das Schneemonster
❑ 2 Ein Ufo namens Amadeus
❑ 3 Lindwurmspuk vor Mitternacht
❑ 4 Wenn die Turmuhr 13 schlägt
❑ 5 Bodenseepiraten auf der Spur
❑ 6 Das Phantom der Schule
❑ 7 Die Tonne mit dem Totenkopf
❑ 8 Wo ist der Millionenstorch?
❑ 9 Treffpunkt Schauermühle
❑ 10 Der Fluch des Schwarzen Ritters
❑ 11 Die Nacht der Weißwurst-Vampire
❑ 12 Schokolade des Schreckens
❑ 13 Der Ruf des Gruselkuckucks
❑ 14 Jagd auf den Hafenhai
❑ 15 Das Zombie-Schwert des Sultans
❑ 16 SOS vom Geisterschiff
❑ 17 Die Rache der Roten Mumie
❑ 18 Kolumbus und die Killerkarpfen
❑ 19 Die Gruft des Barons Pizza
❑ 20 Insel der Ungeheuer
❑ 21 Frankensteins Wolkenkratzer
❑ 22 Der tätowierte Elefant
❑ 23 Die Drachen-Dschunke
❑ 24 Der weiße Gorilla
❑ 25 Der Grüne Glöckner
❑ 26 Im Dschungel verschollen
❑ 27 Im Tal der Donnerechsen
❑ 28 Titanic, bitte melden!
❑ 29 Der Eiskalte Troll
❑ 30 Im Reich des Geisterzaren
❑ 31 Der Bumerang des Bösen
❑ 32 Kennwort Giftkralle
❑ 33 Das Riff der Teufelsrochen
❑ 34 Das Geheimnis der gelben Kapuzen
❑ 35 Der Geisterreiter
❑ 36 Im Wald der Werwölfe
❑ 37 Die giftgelbe Geige
❑ 38 Das Haus der Höllensalamander
❑ 39 Das Biest im Moor
❑ 40 Die Maske mit glühenden Augen
❑ 41 Die Hand aus der Tiefe
❑ 42 13 blaue Katzen
❑ 43 Die Rote Mumie kehrt zurück
❑ 44 Die Höhle der Säbelzahntiger
❑ 45 Der Mann ohne Gesicht
❑ 46 Hinter der verbotenen Tür
❑ 47 Das Phantom der Schule spukt weiter
❑ 48 Der unsichtbare Spieler
❑ 49 Es kam aus dem Eis
❑ 50 Der Schrei der goldenen Schlange
❑ 51 Der Schatz der letzten Drachen

DIE KNICKERBOCKER BANDE

DIE KNICKERBOCKER BANDE
DIE KNICKERBOCKER BANDE
NEU
als Hörspielserie!
3 Thomas Brezina
DER UNSICHTBARE SPIELER
2 Thomas Brezina
TITANIC, BITTE MELDEN!
4 Thomas Brezina
DAS GEHEIMNIS DER GOLDENEN SCHLANGE
1 Thomas Brezina
DER SCHATZ DER LETZTEN DRACHEN
Ravensburger
Die spannendsten Abenteuer der Knickerbocker-Bande an den aufregendsten Plätzen der Erde.
Jetzt in einer neuen Dimension.
nnung pur auf CD oder MC.
Ravensburger

DIE KNICKERBOCKER BANDE
LILO
DOMINIK